共和国故事

天外回音

——中国成功发射系列通信卫星

王金锋　编写

吉林出版集团股份有限公司

图书在版编目（CIP）数据

天外回音：中国成功发射系列通信卫星/王金锋编. —

长春：吉林出版集团股份有限公司，2009.12

（共和国故事）

ISBN 978-7-5463-1787-8

Ⅰ. ①天… Ⅱ. ①王… Ⅲ. ①纪实文学－中国－当代 Ⅳ. ①I25

中国版本图书馆 CIP 数据核字（2009）第 236756 号

天外回音——中国成功发射系列通信卫星

TIANWAI HUIYIN　ZHONGGUO CHENGGONG FASHE XILIE TONGXIN WEIXING

编写　王金锋

责任编辑　祖航　李娇　关锡汉

出版发行　吉林出版集团股份有限公司

印刷　三河市嵩川印刷有限公司

版次　2010 年 1 月第 1 版	2022 年 1 月第 11 次印刷
开本　710mm×1000mm　1/16	印张　8　字数　69 千
书号　ISBN 978-7-5463-1787-8	定价　29.80 元

社址　吉林省长春市福祉大路 5788 号

电话　0431－81629968

电子邮箱　tuzi8818@126.com

前　言

　　自1949年10月1日中华人民共和国成立至今,新中国已走过了60年的风雨历程。历史是一面镜子,我们可以从多视角、多侧面对其进行解读。然而有一点是可以肯定的,那就是,半个多世纪以来,在中国共产党的领导下,中国的政治、经济、军事、外交、文化、教育、科技、社会、民生等领域,都发生了深刻的变化,中国人民站起来了,中华民族已屹立于世界民族之林。

　　60年是短暂的,但这60年带给中国的却是极不平凡的。60年的神州大地经历了沧桑巨变。从开国大典到60年国庆盛典,从经济战线上的三大战役到经济总量居世界第三位,从对农业、手工业、资本主义工商业的三大改造到社会主义市场经济体制的基本确立,从宜将剩勇追穷寇到建立了强大的国防军,从废除一切不平等条约到独立自主的和平外交政策,从"双百"方针到体制改革后的文化事业欣欣向荣,从扫除文盲到实施科教兴国战略建设新型国家,从翻身解放到实现小康社会,凡此种种,中国人民在每个领域无不留下发展的足迹,写就不朽的诗篇。

　　60年的时间在历史的长河中可谓沧海一粟。其间究竟发生了些什么,怎样发生的,过程怎样,结果如何,却非人人都清楚知道的。对此,亲身经历者或可鲜活如昨,但对后来者来说却可能只是一个概念,对某段历史的记忆影像或不存在,或是模糊的。基于此,为了让年轻人,特别是青少年永远铭记共和国这段不朽的历史,我们推出了这套《共和国故事》。

《共和国故事》虽为故事,但却与戏说无关,我们不过是想借助通俗、富于感染力的文字记录这段历史。在丛书的谋篇布局上,我们尽量选取各个时代具有代表性或深具普遍意义的若干事件加以叙述,使其能反映共和国发展的全景和脉络。为了使题目的设置不至于因大而空,我们着眼于每一重大历史事件的缘起、过程、结局、时间、地点、人物等,抓住点滴和些许小事,力求通透。

历史是复杂的,事态的发展因素也是多方面的。由于叙述者的视角、文化构成不同,对事件的认知或有不足,但这不会影响我们对整个历史事件的判断和思考,至于它能否清晰地表达出我们编辑这套书的本意,那只能交给读者去评判了。

这套丛书可谓是一部书写红色记忆的读物,它对于了解共和国的历史、中国共产党的英明领导和中国人民的伟大实践都是不可或缺的。同时,这套丛书又是一套普及性读物,既针对重点阅读人群,也适宜在全民中推广。相信它必将在我国开展的全民阅读活动中发挥大的作用,成为装备中小学图书馆、农家书屋、社区书屋、机关及企事业单位职工图书室、连队图书室等的重点选择对象。

编 者
2010 年 1 月

四、创造辉煌

一、 艰难起步

● 几个年轻人在信中写道:"我们建议,由国家出面,统一组织安排我国的通信卫星研制问题。"

● 张爱萍指出:"要以通信卫星为重点。它在政治上、经济上都有价值,要集中力量干它。"

初步设想通信卫星方案

1957 年 10 月 4 日，苏联成功地发射了世界上第一颗人造地球卫星。就在当月，中央政治局主席毛泽东率领中华人民共和国代表团来到苏联，参加了俄国十月革命四十周年纪念活动。

11 月 17 日，仍在苏联的毛泽东参观了苏联莫斯科大学，并且在这里接见中国留学生，做了讲话。当时，毛泽东就谈到我国也要搞卫星，并且还要搞大的。

在 20 世纪 70 年代，我国的电视广播完全依赖传统的地面无线传输方式，即微波、差转、短波等。传统方式不但传输质量不高，地域也有极大的限制，不但边远地区看不到电视，连新疆、西藏等地区也不能实时观看中央电视台的节目，只能靠空运录像资料到当地重播。

当时我国对外广播电台多设置在边远地区，中央向这些电台用短波发送源节目，电视完全靠微波一站一站地接力传输，信号衰减严重，抗干扰能力差，节目源信号常常会受到不友好电台的干扰，影音效果特别不好。说得形象点，比如在播放京剧《红灯记》时，观众都分不出哪一个是李玉和，哪一个是李奶奶。

全国当时的电视覆盖率为 38%，电视机卖不出去，出现大量积压，人们文化生活质量很差。为此，中国急需解决节目源的传输问题。

在内地城市间虽然有了语音和数据长途通信，但是广大地区、边远地区却缺乏通信手段，或是通信不畅，或是根本不通。

外地《人民日报》的出版靠当地印刷部门用空运的母版印制，急需解决母版传输问题。当时海上通信试验对通信的要求不高，只需要进行岸站和舰艇之间简短报文的单方发信和收信，通信时间也不超过 0.5 秒，占据带宽不超过 100 千赫兹，但就是这样简单的海上通信依然是十分困难。

其他产业和军事、外交等部门也都有他们各自对卫星通信的特殊需求。各行各业都企盼着早日有我国的通信卫星，都企盼着用它能解决各自的通信困难。

1970 年 6 月，国防科委召开了一次全国性的会议。在这次会议上，中央领导动员科学家们开展我国的卫星通信工程事业，研制我国自己的通信卫星，工程的代号为 "706 工程"。

会议以后，七机部运载火箭研究院和空间技术研究院分别组织队伍，开展了通信卫星及其运载火箭新技术的研究。

空间飞行器总体设计部根据使用要求，很快提出了我国试验通信卫星总体方案的初步设想。

1970 年 11 月召开了方案讨论会，在这次会议上，提出我国发展卫星通信具体设想：我们要跨过中低轨道通信卫星阶段，直接发射静止轨道卫星。这在刚刚发射我国第一颗卫星的情况下，是一个非常大胆的设想。卫星、火箭、发射场、测控网、通信地球站五大系统都存在极大困难，多数还是空白阶段。

从此，科学家展开了中国卫星通信方案的可行性研究，这标志着中国的通信卫星进入定义阶段。

在中央的领导下，科学家们开展了卫星、火箭、发射场、测控、通信等系统的规模和接口设计协调工作。

由于这是一项庞大的系统工程，各系统之间的技术协调、指标分配、计划分工迟迟定不下来，卫星重量与运载能力的协调也是几经周折，致使工程进展十分缓慢。

购买外国卫星地面站

1972 年 2 月 21 日，时任美国总统的尼克松首次访华。中美关系开始破冰。尼克松访华的前几天，美国的一架运输机就提前来到中国，降落在了北京首都机场。

这架运输机停稳以后，舱门打开，几个美国人在中国机场工作人员的帮助下，把一个秘密的集装箱从飞机上卸了下来。

然后，美国人迅速地打开了这个集装箱，露出了一个中国人从未见过的玩意儿。据美国人介绍，这是活动型的卫星地面站。美国将这个卫星地面站安放在了首都机场，其天线直径仅有 10 米。

几天后，尼克松的访华专机缓缓降落在中国北京首都机场。舱门打开，尼克松缓步走下飞机舷梯，美国国防部安全军官黑格如影随形般紧紧地跟在尼克松的身后，他手上还拎了一只小巧精致的黑皮箱。

当时，在场的人谁也没有把这个黑皮箱与美国的卫星联系起来。

当晚，周恩来陪同尼克松一起看当天中美活动的录像。刚看了几个镜头，尼克松便指着录像对周恩来说，现在美国人民也正坐在电视机旁观看我们今天的活动情况。

听尼克松这么说，周恩来心里略微一惊，但随即若无其事地回答说："是吗?"

尼克松指着身边黑格拎着的黑皮箱笑着说："从我踏上中国领土的第一步起，我在中国每时每刻的活动情况，便全都由它记录在案，然后再通过我们天上的通信卫星，将这儿的每一个活动细节随时传回美国。"

直到这时，大家才注意到，这个后来被称之为"黑匣子"的黑皮箱，其实就是美国微型活动卫星地面站的终端。

后来，据在场的有关工作人员回忆，周恩来听后十分震惊，但他表面上依然显得漫不经心。事后，周恩来找来有关人员，对"黑匣子"之事进行了认真询问。有关人员把"黑匣子"和卫星地面站的有关秘密详细地向周恩来做了介绍，最后不无遗憾地补充说：

可惜的是，天上现在还没有我们中国的通信卫星!

听到这里，周恩来一下沉默了，之后便陷入沉思之中。

自从这天开始，每当周恩来与尼克松会谈的时候，他的眼睛总是有意无意地看一看尼克松身边的那个"黑匣子"。

一次晚宴中，周恩来又一次谈到了那个神秘的"黑匣子"，尼克松脱口说道："我们这次带来的卫星地面站，到时就留给你们吧！"

周恩来端起酒杯，笑了笑说：

总统先生，我看还是卖给我们吧！

就这样，尼克松访华结束后，他带来的那个卫星地面站，便被中国买了下来，留在了北京电信管理局。

本来，为了限制中国和苏联在某些领域的发展，西方对中国是封锁的。按照国际巴黎统筹委员会的规定，像卫星地面站这样的设备，美国是绝对不应该卖给中国的。但是这时中美关系正处于缓和状态，也许为了对中国表示诚意，也许为了某种政治目的，尼克松同意了中国购买这台卫星地面站。

同年下半年，时任日本首相的田中角荣访华。这位首相和尼克松总统访华时一样，也随身带来了"黑匣子"和卫星通信地面站。等田中首相访华结束后，中国把日本带来的卫星地面站也设法买了下来，并留在了邮电部上海邮电科学研究院第一研究所。

这两个卫星地面站的购买，为中国日后卫星地面站的发展提供了很好的借鉴。至少，它引起了中央对卫星通信的关注和了解，看到了它的巨大作用。同时，它也为中国的领导人和专家们提供了一个新的思路和方向，缩短了中国卫星地面站研制的时间。

提议发展中国卫星通信事业

尼克松总统访华时随身带来的"黑匣子"和日本首相田中角荣的卫星地面站，虽然引起周恩来的兴趣，可当时中国的科技专家却根本没有机会见到如此先进发达的卫星通信设备。

不过，当时还是有三个年轻人听说了这个设备，并且有两个年轻人还亲眼看到了这个"新式武器"，这让他们十分震撼。这三个年轻人，一个叫黄仲玉，一个叫林克平，一个叫钟义信。

他们都先后毕业于北京邮电学院，在 1972 年还都是无名小卒，他们在自己的行业既普普通通又默默无闻。不过后来，他们成为有名的邮电局"三剑客"。

1965 年，黄仲玉大学毕业后有幸跨进了北京邮电部的大门。尼克松访华时，美国的卫星地面站刚落脚到中国，他便迫不及待地跑去首都机场观看了。

在观看的整个过程中，黄仲玉心里始终有一种压抑感，他总是在心里反复责问自己：美国人能做到的，为什么中国人做不到呢？

林克平毕业后分在邮电部邮电科学研究院办公室当秘书，当他得知尼克松总统随身携带了一个"黑匣子"的消息后，禁不住好一阵激动。

林克平利用工作之便专程跑到首都机场，亲眼看到了天线直径只有 10 米长的美国卫星通信地面站。他感到既新鲜又刺激，一瞬间便改变了脑子里多年形成的传统的通信概念。林克平当时就想，中国什么时候有这玩意儿就好了。

钟义信是北京邮电学院研究生，毕业后留校任教，虽没有机会去机场，但此事他很快就知道了，心里也大受震撼和刺激。因为美国的卫星地面站从大洋彼岸活生生地搬到了中国的北京，对文明古国的中国既是一次形象的警示，又是一次绝妙的挑战。

1970 年，中国成功地发射了第一颗人造卫星，黄仲玉当时很激动，他对中国不久后就要发射通信卫星充满信心和憧憬。然而，一晃 4 年过去了，中国的通信卫星事业还是渺无声息，他实在等不下去了。

1974 年，黄仲玉找到当时中国邮电部部长钟夫翔，向他汇报了搞通信卫星的一些想法，并主张通信卫星不从国外买，由中国自己来搞。

钟夫翔部长对此表示赞同和支持，并要他组织一个关于通信卫星的联合调查组。

黄仲玉就找钟义信和林克平一起商量，三人经过商讨一致认为，现在，全世界都在朝着一个信息的时代发展，中国如果再不把通信卫星的问题提到议事日程上来，那太空中本应属于中国的位置，不久就会被人抢占。

三个年轻人商量来商量去，最后认为，中国要想发展自己的通信卫星，就必须让通信卫星问题引起国家领导人的重视，从而把通信卫星工程纳入国家的重点计划。只有那样，中国的通信卫星事业才有可能。

三个年轻人决定给周恩来写一封信，向周恩来反映真实的情况和意见，同时建议中国尽快搞通信卫星。但这封信通过什么方式送到周恩来的手上呢？

林克平是邮电部部长钟夫翔的秘书，处理这类问题还是很有经验的。他说，唯一的办法，就是随同机要文件一起走，而且挂号。

就这样，一封由三位普通年轻人签名的群众来信，顺着一条机要的秘密渠道，进了中南海的大门。

中央批准通信卫星工程

1974年5月19日凌晨，周恩来看到了邮电局三个年轻人写的来信摘要。他很惊喜，又感到有些意外，当即把自己的秘书叫来，让把来信的原件马上找到送来。

秘书在一堆文件中找到了这封来信，然后赶快送给了周恩来。当时周恩来把这封《关于建设我国卫星通信的建议》的来信仔细地阅读了几遍。

在这封来信中，三个年轻人先阐述了我国发展通信卫星的重要意义，又对我国发展通信卫星的现实性、必要性和可能性做了论证。

信中最后这样写道：

> 中国是个社会主义国家，其最大的优越性就是能够做到大力协同。只要国家出面，把全国各部门的优势集中起来，我国的通信卫星就有条件、有基础、有能力搞上去。
>
> 因此，我们建议：由国家出面，统一组织安排我国的通信卫星研制问题。

后来，在场的工作人员回忆说，看完信之后的周恩来很激动，当时就向秘书问留在中国的那个活动卫星地面站的情况。秘书告诉周恩来说，这个卫星地面站现在仍在北京，后来新买的也在。只是，当时有人对中国购买美国卫星地面站的事，一直持反对意见。

周恩来听后，似乎一下被触动了什么，脸上闪过一丝忧虑的神情，接着，又是一阵剧烈的咳嗽。在进行了一段沉思之后，他毅然拿起一支红蓝铅笔，在信的天头上作出了批示。

批示这样写道：

> 即送剑英、先念同志。阅后批交计委、国防科委联合召开一个有关部门会议，先将卫星通信的制造、协作和使用方针定下，然后再按计划分工做出规划，督促进行。妥否请酌。
>
> 周恩来
>
> 1974.5.19

这就是周恩来著名的"五一九"批示。

周恩来写完这个批示之后的 6 月 1 日，便住进了 305 医院。此后，周恩来再也没有能够回到他那张宽大的办公桌前。

周恩来的"五一九"批示，成为中国卫星通信工程一个良好的转机。它一出台，便很快打破了沉闷 4 年的僵局，成为中国研制、发射通信卫星以及实现卫星通信的重要方针和依据，从而拉开了中国卫星通信工程的序幕！

1974 年 5 月 21 日，即周恩来批示后的第三天，时任国务院副总理的李先念看了周恩来的这个批示后，当即也做了批示。

批示中说：

秋里阅办。

余秋里是当时国家计委主任。

余秋里接到批示后，当即组织国家计委、国防科委、邮电部、国防部五院、广播电视局有关领导召开了专门会议，在会议上，各单位领导对中国通信卫星的有关问题进行了会商。

当时还成立了相应的几个小组，由四机部部长王诤担任通信小组的组长，并且对通信卫星工程的经费也作了预算。

1974 年 6 月 11 日，国家计委、国防科委联合召开有通信兵部、总参谋部、广播事业局、四机部、七机部等有关领导参加的座谈会。座谈会对通信卫星的频率体制、研制分工、发射时间等重大原则问题，初步交换了意见。

1974 年 9 月 30 日，国家计委、国防科委联合起草了《关于发展我国通信卫星问题的报告》的讨论稿。国务院有关部、委和军队有关部门又对此报告作了三次讨论和修改。

1974 年 11 月 25 日，国家计委和国防科委又联合召开了第二次卫星通信工程会议，正式讨论和修订了这个报告。并就有关重大原则问题，取得了一致的意见。

1975 年 2 月 17 日，国家计委和国防科委联名将报告送至中央。这个报告拟定的内容很具体，主要明确了如下几个问题：

一、火箭、卫星的研制和生产，由七机部负责。卫星所需的高可靠、长寿命电子器件，由四机部负责研制生产。

二、地面微波精密跟踪、遥测、遥控的综合系统，由国防科委十院和七机部分别研制生产；低轨道遥测、遥控设备，由七机部负责。

三、采用国际通用技术体制的卫星地面站和数字通信体制的卫星地面站，均由四机部负责。

四、通信卫星发射试验靶场，由国防科委负责建设；卫星通信的管理使用中心，由邮电部负责建设。

五、火箭发动机高空试验车台和靶场发射塔架等有关的大型设备的加工，由一机部负责；液氢由石油化学工业部供应，液氢铁路槽车由铁道部负责生产。

六、整个卫星通信工程，由国防科委负责，其中通信分系统，由四机部负责牵头。

报告同时规定，卫星研制工作应本着"少花钱、多办事"的原则，尽可能利用现有设备、条件和已有的技术成果，尽量减少不必要的基本建设。并对通信卫星的整个研制和建设费用，做了一个初步预算，共需经费9.6亿人民币。

"报告"还同时指出：

> 第一颗赤道同步卫星应该集中兵力打歼灭战，本着综合使用、军民结合、平战结合、国际国内通信、传送广播、电视兼顾的原则，以先满足各有关方面的试验要求为主要目的，在使用中考验卫星各系统的性能。

1975年3月31日，中央军委召开第八次常委会。时任中央军委副主席的叶剑英主持了这次会议。

在这次会上，军委委员们针对国家计委和国防科委上报的《关于发展我国通信卫星问题的报告》进行了热烈的讨论。

大家围绕这个问题都发表了充分意见，大部分人对这个报告的内容基本表示赞同。但是也有人提出了反对意见，有的认为应该先搞侦察卫星，还有的提出先搞别的卫星，大家一时之间难做定论。

时任中共中央副主席、中央军委副主席、中央政治局常委、中国人民解放军总参谋长的邓小平当时也出席了这次会议。邓小平是同意这个报告的，见大家争论不休，便说：

不用争了，我看还是先把通信卫星放在第一位吧！

后来，会议又经过再次讨论，最后大家一致通过了《关于发展我国通信卫星问题的报告》。会议同时决定就此问题当即向中央请示，还专门拟写了请示报告。

请示报告这样写道：

国家计委和国防科委《关于发展我国通信卫星的报告》，经军委常委第八次会议讨论同意。现呈上，请批示。

中央军委

1975.3.31

第二天，叶剑英签署了这个请示报告后，呈送给了党中央和毛泽东。这时的毛泽东眼睛正患白内障，每天只能躺在病榻上办公，事实上他已经停止了对一般文件的阅示。

当秘书就这个请示报告问题征询毛泽东的意见时，他表示要自己亲自看。于是，秘书便将报告送到毛泽东的床前。

在身体已是很虚弱的情况下，毛泽东硬是坚持逐字逐句地看完了报告。然后，他又思索了一会儿，才从秘书手上拿过笔，在报告上重重地画了一个圈。

据说，这是晚年的毛泽东躺在病榻上画下的最有分量的一个圈。在中央领导的亲切关怀和指导下，中国的通信卫星事业迅速开展起来。

张爱萍提出"三步走"规划

1975年4月21日，七机部第一研究院召开"东风－5"号和"东风－4"号方案论证会。

在这次会议上，张爱萍意味深长地讲了一段话：

> 今天这个会议，我想给它取个名字，叫"抢时间"。我们曾有过时间，但失掉了，现在你们要帮我把它抢回来。

这次会议根据张爱萍提出的抢时间的要求，确定了"一个目标""三年三步"计划。计划的内容是：

> 1977年前拿出东5、东4。
> 1978年拿出潜地导弹。
> 1980年拿出通信卫星。
> 重点是，1977年前拿出射程为8000公里的洲际导弹。

张爱萍对通信卫星的民用价值十分清楚，对其政治与军事方面的作用，更是非常明白。他深深知道，美国的军事力量之所以那样强大，许多重大的军事行动之所以那么迅速有力，与美国发达的卫星通信不无干系。

1975 年，美国企图控制东南亚地区，以牵制苏联。当年 5 月 12 日，美国派"马亚克斯"号军舰入侵了柬埔寨海湾，结果当然引起世界强烈反对。

事件发生后，位于地球静止轨道上的美国"国防通信卫星 2 号"，为美国总统、国防部指挥官以及特遣部队指挥员和飞机驾驶员之间提供了可靠的通信线路，从而直接接受五角大楼的指挥，使国防部指挥畅通无阻。

毫无疑问，军事通信已成为各国军事当局须臾不可离开的耳目。它对沟通国家指挥机构与战场指挥官的联络，有效地对战场形势进行监视和控制，快速地向指挥官发布命令，及时调动和部署兵力等，有着举足轻重的作用。因此，当时美国、苏联、英国和北大西洋公约组织，都建立了军用卫星通信系统。

张爱萍从中国的实际情况出发，提出了"三步走"计划，对中国的航天发展具有指导意义。在这个计划指导下，中国的通信卫星工程逐渐发展起来。

艰难起步

开始设计通信卫星方案

1975 年 6 月，中国空间技术研究院召开规划座谈会，讨论航天技术的发展方向。

与会者充分注意到当时国际上占据地球静止轨道位置的情况，认为尽快占据轨道位置有利于我国的静止通信卫星，是一项紧迫的任务。

在座谈会上，张爱萍指出：

要以通信卫星为重点。它在政治上、经济上都有价值，要集中力量干它。

选用静止轨道试验通信卫星的方案，是一种"一步走"的方案，即不进行中高轨道试验，不进行国外初期静止通信卫星那种类型的技术试验，直接发射静止试验通信卫星。这样，能够较快地统筹我国在卫星通信技术方面的差距，缩短整个卫星通信工程的研制和建设周期，把试验和使用结合起来，以取得较好的社会经济效益。

1975 年 9 月 10 日，国防科委和国家计委以（75）计军字第 395 号文件，转发了毛泽东和党中央批准的《关于发展我国通信卫星问题的报告》。

由于中央军委批准这个报告的日期是 1975 年 3 月 31

日，加之为了保密，故将中国发射通信卫星这一工程，称为"331工程"。"331工程"为中国的通信卫星事业的起步和发展作出了重大贡献，从此中国的卫星工程进入实际发展阶段。

1976年6月，在首都北京召开了"331工程"第一次大总体会议。这次会议讨论了中国通信卫星工程各系统的状态，工程各系统之间的关系协调，以及第一代的两颗卫星的定点位置和覆盖范围等事项。

在卫星本体方面，主要解决了两个问题。一是重量和功耗紧张的问题。为了能减小卫星重量，研制人员大胆改进设计方案，在冶金、电子等工业部门的帮助下，决定采用钛合金、碳纤维等高科技新型物质、高强度、低功耗的电子组件。二是转动惯量比偏小的问题。为了解决这个问题，适当地加大了卫星的筒体直径和远地点发动机的直径。

这次会议确定了中国第一代通信卫星为试验卫星，波束覆盖全球，其中一颗覆盖我国和太平洋地区，另一颗覆盖我国和印度洋地区。卫星被命名为"东方红-2"。

1977年初，卫星各分系统方案性样机如控制系统的姿测部件、消旋组件，以及通信系统的行波管放大器等已经研制出来，并完成了电性能联试。这标志着卫星方案阶段顺利完成，开始进入了卫星的初样阶段。

1977年3月，中国向国际电信联盟申报了两个卫星轨道位置，一个是东经120°，另一个是东经78°，申报的卫星名称为STW，即试验通信卫星。

不过，后来中国第一颗通信卫星发射成功后，中央又决定将第二颗卫星的波束覆盖范围缩小到只覆盖我国疆土，以提高卫星的有效全向辐射功率，为此，我国又申报了东经103°轨道位置。

"331工程"的确立和开展，为中国的卫星通信事业发展提供了良好的条件和发展机遇。

在中央领导的关怀和中国卫星通信方面科学家们的努力下，中国的通信卫星事业一步一个台阶，在世界卫星通信潮流中勇敢前进。

二、 研制试验

● 通信卫星总总师任新民说："一定要把问题查清楚。什么时候查清了什么时候发射。宁可大家等你们一家。"

● 张爱萍说："这是参加研制试验的全体同志努力的结果，全国人民，包括新疆人民大力支持的结果。"

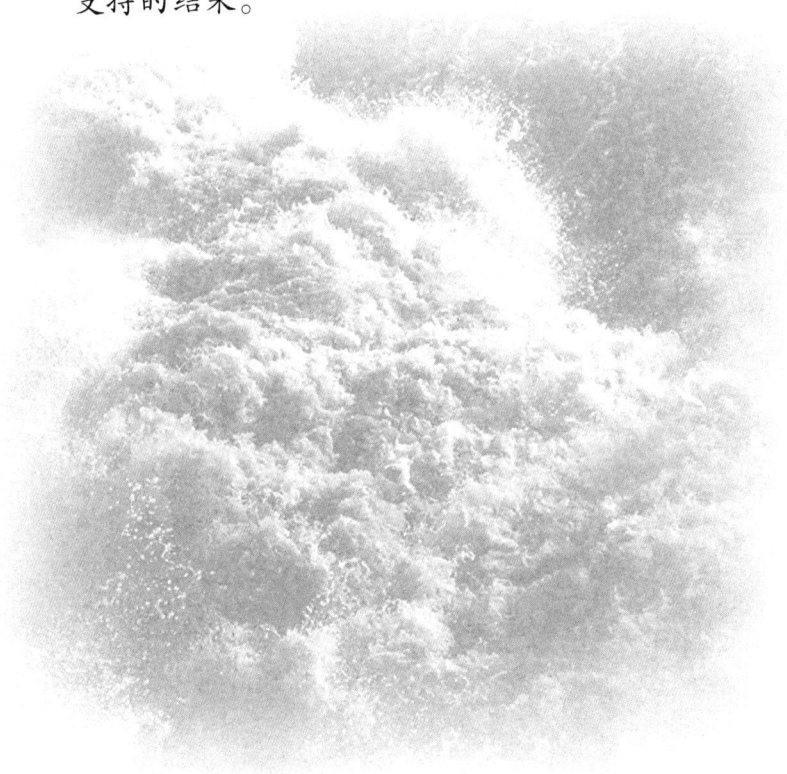

张爱萍组建领导班子

1977 年春节前夕，张爱萍携妻子李又兰回到了久别的家中，当看到了满院翠竹，他当即赋诗一首：

窗影千竿竹，傲霜十年重。
新笋破坚土，老干复葱茏。
飒飒凤尾动，翩翩日影中。
爆竹除旧岁，阵阵报春风。

1977 年 3 月 7 日，中央决定叶剑英主持中央军委工作。9 日，叶剑英便派解放军总政治部副主任徐立清动员张爱萍回国防科委工作。

徐立清为此事专门来到了张爱萍的家里。二人见面后，徐立清开门见山地说：

爱萍同志，我今天来，是向你传达中央军委的决定。叶剑英元帅让我来代表他找你谈话，在最近召开的军委会上，决定恢复你的一切职务，要你重新挑起国防科委的重担。这既是几位老帅的意见，也是小平同志的意见。

张爱萍听后有些激动，又有些沉重。徐立清望着张爱萍残废的左腿，心里很不是滋味。片刻之后，他又说道："爱萍同志，大家都知道你的身体很不好，但国防科委的情况你很清楚，许多重要的科技试验都等着急需要做，而要做好这些工作，恐怕只有你去比较合适。叶剑英元帅说了，你只要每天在办公室待上一个小时就行！"

张爱萍突然摆了摆手说：

一个小时怎么行？混日子，不是我张爱萍的性格，我担心的是我的身体不能胜任如此重任。既然要干，就要全力以赴。

就这样，中央军委一声号令，张爱萍再次披挂出征。中央为了全力支持他的工作，特派李耀文、陈彬等人来到国防科委，同他一起组成了一个坚强的领导班子。

尽管当时的许多工作还很难做，但张爱萍顾不了这些，也用不着把这些放在心上，他在一边清理、整顿、健全管理队伍的同时，就风风火火、大刀阔斧、义无反顾地干了起来。

张爱萍拄着手杖，背着氧气袋，迈着颤巍巍的双腿，从这个工厂走进那个工厂，从这个研究所走进那个研究所，从这个发射场走进那个发射场，了解基层真实情况，理顺上下纵横关系，协调设备安装进度，制定铁的工作纪律。

与此同时，张爱萍还同由于各种原因不在岗位的专家们真诚交往，促膝谈心，很快便将一些拉板车的、种地的、做工的、有病住院的火箭卫星专家们请回了研究所和发射场，汇集成了一支浩浩荡荡而又坚强有力的科研队伍。

当时由于中国的实际情况，研制通信卫星的"331工程"在提出以后，并未得到实际发展，仍然停留在原来的决定上。而有的人却已经把它捅到国际无线电联盟进行登记，并大言不惭地宣称5年内发射成功。如果不能如期发射，必然影响国家的形象。

张爱萍初步决定科委近年的工作规划就在原来定的项目上进行调整，然后他召集常委们举行会议，对国防科工委的未来发展规划进行研究、讨论。

有的同志提出，张爱萍在1975年整顿七机部时曾提出"一个目标""三年三步"的计划，可不可以在这个基础上形成个规划。

这正与张爱萍的设想不谋而合。一经酝酿，很快统一了意见。大家当即绘制出了国防科技战线的宏伟蓝图，即"三步走"的战略构想：

第一步，研制试验洲际运载火箭；

第二步，研制试验潜艇水下发射运载火箭；

第三步，在西昌发射"东方红-2"号通信卫星。

完成这三项重点任务，实质是解决远射程、大当量、广机动、高轨道的问题，使战略武器形成配套体系，航天技术再上一个新的台阶。

这个奋斗目标一旦实现，必然大大增强国防力量，进一步打破国际霸权主义的核垄断，并能带动国家科学技术的发展，从而鼓舞中华民族的斗志和勇气。

在这次常委会上，张爱萍再三强调说：

　　对这三大任务要抓住不放，抓住时机，抓紧时间，一抓到底！

科工委副主任马捷兴奋地一拍大腿说："干脆把这三大任务叫'三抓'吧!"大家一致赞同。自此，"三抓"带着一种使命感、责任感和神圣感，很快流传开来。后来有人说这是国防高科技的"三大战役"。

如何打好这"三大战役"呢？本着"缩短战线、突出重点、狠抓科研、加速更新"的既定方针，张爱萍又率领他的一班人及有关专家进行了整体规划。

一是确保重点，适当停缓。对不具备条件的工程，坚决停止或缓建。二是抓住重点，带动一般。三是重中有急，梯次进行。一个时期只能突出一个重点，从时间和力量的安排上，有先有后，有多有少，梯次渐进。四是坚持高、严标准，为自己施加压力。

有了这整体的规划和布局后，很快就上报中央专门委员会。

这时的中专委已经作了调整。华国锋为主任，叶剑英、李先念为副主任。成员由中央军委常委和国务院主管计划、建设和国防工业的副总理，总参谋部一位副总参谋长，国防科委、国防工办的主任等21人组成。

办公室仍设在国防科委，由国防科委主任兼任中央专委办公室主任，由国防科委一名分管业务的副主任和二、七机部的部长兼办公室副主任。

1977年8月6日，中共中央决定，增补邓小平为中央专门委员会副主任。

不久，中央专委就下发了一个文件，文件称：

> 12月24日中央专委批准，张爱萍兼中央专委办公室主任，李耀文、刘伟、宋任穷、马捷兼副主任。由国防科委科技部承办日常工作。

张爱萍还推荐宋任穷担任七机部部长。1977年7月召开的党的十届三中全会，恢复了邓小平的职务。9月16日，经华国锋批准，中央军委任命，恢复了张爱萍副总参谋长的职务，兼任国防科委主任。

1977年9月18日，中共中央批准了国防科委关于"三步走"的请示报告。这也就是说张爱萍向中共中央、中央军委立下了"军令状"，这要求他在20世纪80年代前半期保证拿出洲际导弹、潜地导弹、通信卫星。

张爱萍提出的"三步走"的战略构想，为中国的通信卫星事业提供了有力支持，这标志着中国通信卫星事业进入快速发展轨道。在中央的领导下，在科学工作者们的努力下，中国离第一颗通信卫星的发射越来越近了。

从当时已经进行过的三次核试验和三颗人造卫星发射，张爱萍清楚地认识到，"三抓"任务，技术新，难度大，周期长，技术密集，知识密集，设备密集，组织协调复杂，安全要求严格，是现代化合成兵团的科学会战，是规模宏大的空中、地面、水下联合立体战，远远超过了他当年组织指挥的陆海空联合渡海登陆战。

数以亿计的零部件组合，有一个螺丝的松动、一个焊口的开裂、一毫衔接的错位，都会导致国家巨大财产的损失、众多人员的伤亡，直至国际政治上的严重影响。因此，张爱萍的"战役构想"考虑得全而又全、细而又细。

在这科学大会战中，科学家是当然将领，没有他们为主体的指挥和攻坚，就没有科学会战的胜利。最终，张爱萍决定建立一个以科学家为主体的坚强指挥部，形成高度集中统一、严密精确的指挥体系。

在研制工作方面，组成了技术和行政两条指挥线，建立总设计师制度和总调度指挥制度。

总设计师系统，是一个跨建制、跨部门的技术指挥系统，按照任务的总体、分系统、单项设备的序列，分别任命总设计师、主任设计师和主管设计师，负责研制设计技术工作。

调度指挥系统，则是由研制抓总单位、承制单位的行政领导及有关部门的管理干部，组成行政指挥系统，负责计划调度、组织指挥和财务物资保障工作。

总设计师系统是由科学家组成，全力投入科研项目的攻坚；总调动指挥系统则是由行政管理干部组成，全力保障总设计师系统，而且绝不允许动摇、干涉总设计师系统的意志、计划和行动。

为了更好地发挥科学家们的力量，张爱萍又更改了一直沿用了几十年的技术指挥系统党委负责制，重新作出了明确规定：

总师在技术上有超越党委的决定权。

张爱萍这两条指挥线制度是一个完整系统的规章制度，是他的一大创造。这个制度让许多科学家永远深深地怀念他。

在"三抓"任务中，这两个指挥系统在国防科委和有关国防工业部的领导下，分工负责，互相渗透，互相支持，有机地联结为集中统一的、畅通灵敏的研制生产指挥体系。

进入试验准备实施阶段后，张爱萍又在北京开设试验任务指挥部来统管全局，直接领导和统一指挥整个试验活动的进行。

各参试单位均纳入试验组织序列，建立分层分级的岗位责任制。研制单位提供试验产品、技术资料和地面设备，提出试验大纲，派出试验队进驻试验场区处理产品的技术问题，协助试验部队共同完成任务。

试验部队根据试验大纲的要求，制订实施方案和各项规则，组织实施导弹、卫星的飞行试验，完成测试、发射、跟踪、测控通信、气象水文、数据处理和其他勤务保障任务。

使用单位也派出人员参加试验任务，参与试验方案的论证和试验结果的综合分析工作。在试验现场组成以试验部队为主，有研制、使用单位参加的发射场指挥部，实施现场组织协调。国防科委派驻工作组进行指导。

而张爱萍本人及他领导的一班人，经常穿行在各研制单位、试验基地、训练现场。依然采取他那些惯用的逢山开路、遇水架桥、碰难就帮的原则，为"三抓"扫除障碍、创造条件、提供营养。

张爱萍多次向做行政工作的领导们说：

任何时候我们都是科学家的服务员，我们是做服务保障工作的。成功了，是科学家的功劳；失败了，则是我们的责任。

关于中国的卫星发展问题，当时，科学家们提出了三个卫星方案，即侦察卫星，导航卫星，通信卫星。经过大家商讨，张爱萍拍板了第三方案，即卫星研制以通信卫星为重点，集中力量攻关。他说，"专门给它成立一个局"，国防科委盯住管住它，要"管好管到底"。

安排好卫星后，张爱萍又马不停蹄地从新疆到陕西再到四川跑了一大圈，和打仗一样，他必须亲临一线督战。随后是七机部所属七一七厂，接着又飞〇六七三线厂。他呼吁科技工作者和工人们抢时间，抢速度，为1977年拿出洲际导弹这一宏伟目标而努力奋斗。

终于，在张爱萍的科学领导下，中国的航天科学事业呈现出良好的局面。然而不幸的是，在一次外出中，张爱萍的右胳膊又被摔断了，不得不被送进医院进行手术。可他刚能下床，又说服医生，回到了办公室。

不久，张爱萍先后出任国务院副总理、国务委员兼国防部长，以及中央军委副秘书长。他那独具光彩的人格魅力，为他那颇为壮美的人生风景平添了一抹绚丽的彩虹。

在二十世纪六七十年代，短短的10余年，赤道上空已经被少数几个国家打入了100多颗通信卫星。中国若是再不抓紧抢占，太空这块地盘就有失去的可能。

原来为了抢时间，中国也曾考虑过先从国外购买通信卫星，但这些国家出售卫星时都附有苛刻的条件。买谁的卫星，就必须由谁来发射，而且要价惊人。当时，一个转发器租借一年，租金就得100万美元。若只租一个一天，租金就得3730美元。

面对这种情况，中国只有自己发射了。经过努力，1980年5月，中国第一枚洲际运载火箭发射试验成功。1982年10月，中国第一枚潜艇水下发射火箭试验成功。

现在，只剩下了发射"东方红－2"号通信卫星这最后"一鸣"了，一旦成功，堂堂中华民族将会飞升到一个前所未有的高度。

在"东方红－2"号通信卫星发射前的一次大会上，张爱萍对全体将士这样说道：

> 太空中也有一个联合国席位的问题，堂堂中华大国不能在同步轨道上缺席，中华民族的脸不能丢在我们的手上！买，只能买一个、买两个，却不能永远买下去。
>
> 所以，我们只能靠自己干。我们不光要造出自己的通信卫星，还要用自己的火箭把自己的通信卫星发射上天！我们有能力做到，我们也一定能做到！

张爱萍为中国的通信卫星事业作出了杰出的贡献，他以自己的聪明才智和人格魅力，大胆提出了"三步走"的战略构想，为中国的通信卫星事业奠定了坚实的根基。

任新民总负责卫星工程

1975 年，中国发展通信卫星事业的"331 工程"上马。

任新民也随着工程的拉开帷幕而走到台前，他被任命为这项工程的"总总师"，即总设计师兼技术总指挥。虽然荆棘满地，他已默默开始了耕耘。

任新民 1915 年生于安徽省，是我国的航天技术和火箭发动机专家，他对中国的通信卫星事业及卫星运载火箭的研制，付出了很大心血。

20 世纪 60 年代中期，任新民就担任了我国火箭液体发动机研究所所长。当时他根据国外动力装置技术发展的动态和趋势，组织少数科技人员开展了液氢液氧发动机的预研工作。

1970 年 4 月 24 日，"长征－1"号火箭首次成功地将我国第一颗人造地球卫星"东方红－1"号送上太空。中国航天活动总乐章的序曲奏响了。"长征－1"号火箭作为我国第一枚运载火箭被载入我国航天发展史册。从那时开始，任新民的名字就和长征系列火箭连在一起了。

同年"五一"国际劳动节的晚上，任新民登上了天安门城楼，接受毛泽东和周恩来的接见。任新民永远忘不了，周总理在向毛主席及在场的西哈努克亲王介绍他时，称之为"我们放卫星的人"。

1975年，中国的"331工程"起步，任新民成为工程总设计师。当时中国的航天事业虽然已取得一定成绩，也积累了部分经验，但做"331"这样庞大纷繁的工程，还是第一次。

"331工程"包括5个全新系统的工作："东方红-2"号卫星的研制，其中包括通信转发器和天线；地面通信接收和发送站的建设和设备的研制；"长征-3"号运载火箭的研制；微波统一载波测控系统地面站的建设和设备的研制；低纬度靶场的建设，要具备发射液氢、液氧发动机火箭的能力。

在"331工程"之前，航天科研领域只有"技术负责人"而没有"工程总设计师"。为了加快工程的研制工作，"331工程"创造性地设立了"工程设计师系统"，开创了航天领域的"卫星工程总设计师"制度。

德高艺精的任新民成了国防科工委选定技术"抓总"的最适合人选，被任命为卫星通信工程总设计师，全面负责五大系统工作。

孙家栋、戚发轫分别任试验通信卫星总设计师和副总设计师，他们两个也是我国著名的火箭卫星专家。

"331工程"中工程总师制度的开创，比过去的技术负责人制度更能适应航天系统工程的要求，无疑是航天系统工程在工作方法上的重大改进，工程总师制度后来也一直沿用下去。从这个意义上来讲，任新民可谓中国航天"工程总师"第一人。

"331工程"的五大系统都是具有挑战性的课题，都有失败的风险，担任工程总师的任新民，其工作千头万绪，异常繁重。

任新民不仅要领导"长征-3"号运载火箭和"东方红-2"号通信卫星的研制，负责五大系统的技术协调和对重大技术问题进行决策，还亲自领导和参与了五大系统重大技术关键的攻关与决策。在研制过程中，各系统都出现了各种技术上的难题。任新民虽然分身乏术，但还是事必躬亲，坚持"自己跑"，他断然否定了有人提出的成立一个"工程总师办公室"的建议。

任新民虽然很想把肩上的担子分给别人以换来自己片刻的喘息，但是这样做的结果很可能就是延缓工程的进展。在他看来，"总师"的使命就是承担重任。

在"331工程"遇到的各种技术难题中，"长征-3"号运载火箭的第三级系统的问题是最大的一块"硬骨头"。在运载火箭系统的研制中，争议最大的就是第三级是采用常规推进剂，还是采用低温高能推进剂。

方案有所争论，是因为在当时只有美国和法国成功地使用了氢氧发动机。为了确定最终的技术方案，科学家们专门召开了决定发动机的碰头会。

在这次会议上，任新民声音不大却底气十足地申明了自己的见解。他说：

尽管氢氧方案的关键技术多，难度比较大，工作量大，研制周期长，但能提高运载能力，又是今后航天技术发展所需要的，这个台阶迟早得上。而且我们已经具备了初步的技术条件和设施设备条件，经过努力可以突破这一技术关键。

任新民的这种想法绝不是一时意气，而是完全来自实践的支持。早在1965年，任新民担任液体火箭发动机研究所所长之时，研究所就注重对氢氧发动机的研究论证，并在1971年取得了试验的初步成功，此后一直在进行相关的研究试验。

经过任新民和他的同事的力争，最后领导决定发射运载火箭的第三级采用液氢液氧为第一方案。

1977年12月28日，七机部下发了《关于改变"331工程"运载火箭名称的通知》，将火箭的名称正式确定为"长征－3"号。

在真理面前，一个科学家的胆识使不善辞令的任新民力陈己见时往往能妙语连珠。后来他曾深有感触地说过：

> 搞工程技术工作的，即使是再有造诣的专家，不深入实际就会退化，会"耳聋眼花"，三年不接触实际，就基本上没有发言权了。

　　发动机的方案确定下来以后，接下来就是发动机的研制问题。研制这种发动机，首先要解决的难题就是研制用于超低温条件下的密封材料。

　　众所周知，液氢的沸点为零下253摄氏度，液氧的沸点为零下183摄氏度，如果箱体在低温下密封性能不好，稍有泄漏，将会引起爆炸。

　　1986年1月28日，美国"挑战者"号航天飞机发射升空约75秒后，突然爆炸，座舱内7名航天员全部遇难，损失金额高达14亿美元。

　　这次事故原因就是挂在外燃料箱上的一枚助推火箭的密封装置破裂，喷出火焰，引起液氢燃料箱猛烈爆炸，导致机毁人亡。为了保证氢氧发动机的研制成功，任新民与七〇三所密切配合，努力攻关，终于解决了阀门的密封问题。

　　"长征-3"号的重大技术关键还有纵向耦合振动、火箭低频振动环境管理等。在这些关键技术的解决中，从理论分析计算，到技术方案、试验方案的制订与审定，任新民都亲自参加和进行决策。

　　特别是在解决大型运载火箭的纵向耦合振动问题时，任新民首先提出这个问题，并选定为此而开展的研究课题，组织队伍、落实经费，并进行了大量的技术协调。他还审定了试车台的改台方案和试验方案，亲赴现场指导试验。

任新民根据各种研究试验结果，最后决定在一、二级氧化剂系统泵前加皮囊式蓄压器，燃烧剂系统不再加蓄压器。通过多次飞行试验的结果证明，这一措施有效地抑制了运载火箭的纵向耦合振动，为"长征－3"号发射成功提供了保证。

纵向耦合振动问题的解决，标志着我国在大型运载火箭结构与液路系统动态特性研究方面取得了重大进展，不仅为我国今后大型运载火箭的研制积累了新的、可贵的经验，还带动了国内有关技术学科的发展。

任新民还从材料入手，采用七〇三所和科学院力学所研制的阻尼减震材料圆满地解决了仪器舱板固定仪器架子的振断问题，突破了氢氧发动机研制的这一难关。

同时，为减轻发动机重量，增加火箭有效载荷，他们还研制出一种蜂窝结构，在"长征－3"号火箭的液氧和液氢贮箱之间用复合材料的蜂窝结构做成"共底"，并辅以一种耐超低温、高强度、高韧性的结构胶。

液氢贮箱和液氧贮箱可以做成两个贮箱，但如果做成一个贮箱，而中间用"共底"隔开，则可避免液氧碰上液氢，同时贮箱的长度可以减少 1.4 米，这样火箭重量就减少 200 千克。这一减重也就是使卫星重量增加 200千克。

氢氧发动机的研制试验艰难曲折，除了前面的难关，研制人员还要解决二次启动问题、滑行段的推进剂管理问题、涡轮泵的次同步共振问题、启动缩火问题等。

为了尽快解决这些问题，任新民不辞劳苦，率领科研队伍努力攻关，向一个个技术上的"明堡暗碉"发起攻击。

要把试验通信卫星送到距地面3.6万公里的赤道上空，与地球自转角速度相同，与地球同心且与赤道面共面的地球静止轨道，完成通信广播任务，除研制"长征-3"号运载火箭外，还要研制通信卫星，研制和建设跟踪、测量与控制系统，研制和建设发射场系统，以及通信广播地面站系统等。

担任工程总设计师的任新民，不仅领导"长征-3"号的研制，负责五个系统的技术协调和对重大技术问题进行决策，还亲自领导和参加了通信卫星、跟踪测量与控制、发射场、通信广播地面站等系统的重大技术关键的攻关与决策。

他在1972年以后，兼任新成立的、承担微波统一测量系统地面设备研制任务的"450工程"办公室主任，直接领导了研制试验工作和大量复杂的技术协调工作。这一微波统一测量系统的研制成功，保证了我国卫星测控通信任务的需要，也使我国的测控通信技术跨上了一个新的台阶。

作为一名技术指挥员，任新民在艰难险阻和挫折面前不退缩、不动摇，极大地鼓舞了士气。他身先士卒，亲自分析研究试验数据，现场察看实物，审阅设计图纸，查阅国内外有关的技术资料，亲自提出或与其他科技人员一起讨论确定了一系列有针对性或综合治理性的技术措施，使多种技术难题终得解决。

1983 年 5 月，全系统试车获圆满成功。

1983 年，临近中秋，任新民随"331 工程"第一支试验队，开进西昌基地。那一年，中秋、"十一"、元旦、春节等中国人最为重视的节日，任新民是和 1000 多名试验队员在基地度过的。

任新民在工作上从来都是严格认真，有时还会引起别人的误解，特别是对于不太了解他的人来说，航天专家任新民是个有点怪的人。

在另一个卫星发射基地，即酒泉卫星发射场，曾有记者将能否采访到任新民作为衡量一个记者本事大小的"参照物"。一个经过了几番努力无功而返的女记者对人发牢骚道："任老头真是个怪人。"

其实，了解任新民的人都知道他为人敦厚和善。用他妻子虞双琴的话说："任新民从没发过火，有时我急了，朝他嚷，他呢，从没与我红过脸。"但越是这样，任新民那次在西昌基地的发火事件才越发让人震惊，以至记忆深刻，流传不止，成了任新民传奇中一个不可缺少的部分。

原来，事情发生在一次"331 通信卫星工程"的发射过程中。总检查时，遥测电源出现了"过压报警"，有关人员多方查寻，也没找到症结所在。这时离发射的日子已经只有两天了，有人泄气了："算了，反正运载火箭上有过压保护。"

这事让任新民知道了，他在全体会上用不容置疑的口吻质问道："说过多少次了，怎么可以带着隐患上天，周总理的话是让我们光说不练的吗？"接着，他又用坚定的语气命令道：

> 一定要把问题查清楚。什么时候查清了什么时候发射。宁可大家等你们一家。

不过，任新民确实不善于发火，在他说这番话的时候，在座的许多人都注意到了他的脸涨得红红的。也正因为如此，亲历了这件事的人才都受到了很大震动，让人难忘。不过说来神了，查来查去查了好几天也查不出的问题，在任新民的"高压"下，只半天就查清楚了。这就是一次最著名的"任新民发火"。

没过几年，任新民就又让部机关的年轻人领教了一回他"火力"的威风。那也是在基地。

正是因为对工作的一丝不苟，才使任新民有足够的能力担当起这个"总总师"的重任，才有了中国"长征-3"号火箭，才有了中国通信卫星工程的快速发展。

第一次发射通信卫星

1982 年，试验通信卫星的研制工作已临近尾声。

正样发射的仪器于 1983 年 3 月开始齐套总装。其中经过执行机构部件焊装，整星检漏，控制系统姿态测量部件安装，精度检测，其他仪器安装，整星电性测试，质量特性测量，力学环境验收试验，精度和漏率复测，共历时 5 个月。最后于 1983 年 8 月经过总设计师系统评审，认为满足各项设计指标要求，质量合格。

发射静止轨道试验通信卫星，是一个系统工程，技术难度大、涉及面广、综合性强。从 1981 年到 1983 年，通信卫星指挥人员组织召开了多次各系统总设计师联席会议，以便协调各大系统之间的重大技术问题，以及各系统之间的计划安排、进度要求，使整个工程符合总的研制流程和最后的发射时间。

1983 年，我国著名控制专家宋健，当时任航天部副部长。他敏锐地发现，发射静止卫星的关键之一是从星箭分离到定点过程的控制，这是一项多学科综合协调控制过程，必须组织最强的技术队伍在一起工作，才能确保成功。

在他的倡导和直接领导下成立一个小组，定名为"飞控组"。飞控组由地面测控网、卫星总体和各分系统

研制试验

043

一线专家组成。

当一切都准备就绪以后，有关单位根据通信卫星发射难度大、设备新、任务重的特点，组织了一个力量庞大的发射试验队。在试验队的护送下，新的火箭和新的卫星来到新的发射场。

这次发射试验任务，涉及全国 20 多个省、市、自治区，国务院 30 多个部、委，解放军各总部、有关军兵种、9 个大军区以及所属的上千个单位。从陆地到海洋的长达 7000 多公里管理的航区内，设置有发射、测量跟踪控制、通信联络、水文、气象、运输保障、海上救援等系统。仅通信系统就配置了 600 多个台、站，2000 多台套设备。

1983 年 10 月飞控组集中在测控中心工作，逐项审查了测控事件，对可能出现的故障进行讨论，作出对策预案。

1983 年 10 月 27 日，中央军委副秘书长张爱萍以及四川省和成都部队负责人谭启龙、王诚汉等，视察了西南航天发射场，看望了全体试验队员和解放军指战员。张爱萍要求大家把工作做细，千万不要"功亏一篑"。

1984 年 1 月 26 日 16 时 15 分，卫星完成了发射场的各项检测任务，发射倒计时程序进入 5 小时准备。当发射人员按照测试规定对火箭进行第二次功能检查时，突然发现火箭稳定系统偏航波道输出信号超出正常值。

经判定为陀螺平台功能性故障，并决定中止当日发射，更换陀螺平台，于 1 月 28 日 24 时前做好重新发射的一切准备工作。为此，卫星也被迫从火箭顶上卸下来。

作为试验卫星总设计师的孙家栋立即组织卫星人员进行具体部署，首先要求大家有整体意识，不能有任何怨言，要积极主动予以配合，要切实对卫星做好监测和保护，绝不能由于卫星的原因影响整体计划。卫星试验队的全体人员对孙家栋作出的决定不仅坚决拥护，而且打心眼里佩服。

孙家栋是我国著名运载火箭与卫星技术专家，1929年生，辽宁省人。1958 年，孙家栋毕业于苏联莫斯科茹科夫斯基空军工程学院，获金质奖章，同年回国，历任国防部五院一分院总体设计部室主任、部副主任。1967年，孙家栋调入中国空间技术研究院工作。

1975 年 12 月，孙家栋被任命为空间技术研究院副院长，开始研制和发射静止轨道试验通信卫星。1977 年孙家栋担任中国试验通信卫星总设计师。他将"试验卫星"定为"试用卫星"，目标是一步到位。

孙家栋率领科研人员刻苦攻关，最终卫星和运载火箭一块放上了发射塔，没想到就要发射了，却又出现了问题，卫星又被重新卸下来。

不过还好，问题不大，经过紧急检修，更换了陀螺平台，一切又恢复正常。卫星再次放在运载火箭上。

1984 年 1 月 29 日，三天后即是中国传统的春节，新的"长征 – 3"号火箭托举着"东方红 – 2"号卫星开始发射。10多个寒暑的奋战，"长征-3"号就要第一次执行发射"东方红-2"号的任务了。

……5、4、3、2、1。

点火！

起飞！

随着零号指挥员清晰、干脆的发令声，人们看到火箭底部喷出橘红色的火焰，一声山崩地裂的声音震得人耳膜生疼。然后，银白色的"长征-3"号像一条银龙，载着中国第一颗通信卫星腾空而起，消失在人们的视线之中。

指挥厅大屏幕显示，火箭起飞一切正常，顺利飞到400多公里的高空。

然而就在这时，意外出现了。"长征-3"号三级火箭三级的第二次点火只工作了几秒钟，就突然关机了。指挥人员在几次点火无效的情况下，迅速报告指挥人员。

失去了火箭的推力，卫星当然也没能进入预定的大椭圆轨道。多亏火箭的弹道设计师精细，最终卫星选择停泊在一个近地卫星轨道，才避免卫星落回地面的厄运。这次失败让大家痛心疾首。

经过专家们对空中的卫星进行测试，卫星上各系统工作还都正常，只是没有送入预定轨道，卫星不可能按照飞行程序正常运行。

孙家栋与所有卫星研制人员在痛惜之余立即调整思路，他们面对现实，组织技术人员们在卫星每日飞越我国领土上空的有限时间内进行有效试验。

卫星在这样的低轨道运行存在许多问题。首先，卫星距地近绕地周期短，每圈都要经过太阳阴影区，卫星上镉镍电池的充放电与原来的设计状态有较大变化，出阴影区后的充电时间很短，根本就不可能按设计完成充放电。有可能执行卫星远地点发动机点火时，镉镍电池无法提供发动机点火所需要的大电流脉冲功率。

西安卫星测控中心根据"远望号"测量船从海上传来的数据，立即开始了抢救卫星工作。孙家栋与时任航天工业部副部长宋健、西安卫星测控中心副主任郝岩立即组织主要技术负责人研究应急方案。

当时专家们决定换用近地卫星程序，迅速作出初步轨道预报。闽南、渭南两站立即准备拦截捕获卫星。为了减少功率消耗，还关闭了卫星上的部分加热器，增加卫星自旋转速，稳定卫星姿态，择机实现远地点发动机点火，变换卫星运行轨道。同时还调整了卫星姿态，保证太阳入射角在设计指标范围内，以解决星上能源危机，延长卫星工作寿命，力争尽可能多地进行试验项目。

孙家栋坐镇西安卫星测控中心，决定卫星运行第十三圈时实施星上远地点发动机点火。经过短时间的精心准备，对上述方案进行了成功的实施，卫星远地点发动机点火工作后，将卫星由近地轨道变为远地点 6480 公里、近地点 358 公里的大椭圆轨道，运行周期也从原来的 1 小时 30 分延长至 2 小时 43 分，使试验通信卫星成为一颗能长期工作的科学试验卫星。

故障对策的成功运用，提高了卫星的运行寿命，利用这种条件，进行了卫星及其各系统的功能考核、性能指标测试和寿命试验，并且完成了通信、广播、彩色电视传输试验，取得了大量宝贵资料。

首次发射虽然失利，但各系统得到了全面检验，为后续试验通信卫星的发射积累了经验。

第二次发射通信卫星

听到第一颗通信卫星未能实现完全发射，中央领导也赶快作出反应，积极应对突发情况。

1984 年 1 月 30 日，聂荣臻给全体试验人员发了一封慰问信，在慰问信中，他首先肯定了大家的成绩，同时还指出：

> 只要大家认真对待，从中分析原因，查明故障，得到经验，我国同步卫星一定会发射成功。

这让大家失落的心重新获得了勇气，大家决心尽快查明原因，把中国的通信卫星成功放入轨道。

任新民等指挥员在巨大的压力下，率领自己的科研队伍，迅速查看了遥测、外测等飞行试验数据，分析故障原因，制定改进措施。特别是他亲自提出了一条经过后来飞行试验考验是有效的、且一直采用的重要措施。

就在这个时候，上级领导又发出新的指示：整个发射队伍不撤回，尽快发射第二发。这是中国航天史第一次也是唯一的一次大胆的决定。

3 月 28 日，试验通信卫星和运载火箭被运到了发射中心。

在发射中心，卫星、运载火箭的发射前准备工作是非常紧凑而又协调的，一切工作都是以小时，甚至以分来安排的。卫星、运载火箭、发射设备、地面测控设备以及停泊在数千公里以外的"远望号"测量船都有条不紊地工作，保证卫星在预定的只有一个多小时的发射窗口内发射出去。

4 月的发射场地区已经进入雷暴季节，山区的气候变化无常，给发射场区的气象预报工作带来了新的困难。

4 月 8 日，中午还是晴空万里，三个小时不到又成了满天乌云。尽管发射场和火箭都已采取了严密的防雷措施，但是，低温火箭的特点是最害怕雷雨天气。

面对这样的天气，指挥员们有些犹豫了，前几天的失败发射大家还心有余悸，这次发射一定要万无一失，不能再出任何差错了。

离发射只有 5 个小时了，到时雷雨会不会更大，发射是继续还是停止？指挥员们临时在发射场上，召开了一次紧急会议，大家商量还是先看一下气象部门的结论，同时还派人去请了对当地情况十分了解的老人来对天气做判断。

不久，气象部门汇报了短期预报情况，结论还是当天 19 时前后发射场无雨，地面风速小于每秒 5 米，天气状况良好。

这时，被当地人称为"活气象"的 70 多岁的彝族老人也来了，他满面笑容地向指挥员们预报了当时的天气情况。根据自己的数十年在本地的生活和观测经验，他明确地作出了没雨的判断，还十分有把握地说："今晚没有雨。说错了宁愿一辈子再不喝酒！"他的话把大家都逗乐了，一下子紧张的心情也舒缓了许多。

既然如此，指挥员们决定，一切按原计划进行。

傍晚时分，暮色降临，一切都开始变得模糊不清了。果然，天气真的放晴了，天边还出了几颗明亮的小星星，这让大家紧张的心情轻松了不少。

大家开始积极地为发射做最后的准备。聚光灯把整个场区照得亮如白昼，发射人员开始为银白色的运载火箭加注燃料。

19时整，环抱运载火箭的发射塔活动平台徐徐展开，矗立在发射台上巨龙一般的乳白色"长征－3"号运载火箭雄伟挺立，整装待发，燃料补加车开始撤离现场。

19时5分，远地点发动机安全点火机关打开机械保险。19时15分，卫星脱落插头脱落。在发射指挥控制大厅的巨型显示器上，显示出卫星、运载火箭、发射设备和测量控制设备参数全部正常。

19时20分，火箭喷射着橘红色的巨大火柱渐渐地离开了发射架，向天际飞去。随即，从各跟踪台站陆续传来振奋人心的好消息。

19时40分，运载火箭三级准确入轨，卫星与运载火箭正常分离，卫星按预定程序起旋至每分37转，卫星在大椭圆转移轨道上飞行良好。

当卫星在第二个远地点的前三个小时，地处渭南和闽西的两个测控站都正常跟踪到卫星，卫星精确地调成远地点发动机姿态，星上仪器工作完全正常。

发射成功的第二天，孙家栋刚刚卸下卫星发射的重任，还没来得及喘息休整好好睡一觉，便乘坐专用飞机马不停蹄地从西昌卫星发射中心紧急赶往西安卫星测控中心。

4月10日8时47分，西安卫星测控中心对卫星发出远地点发动机点火的遥控指令，发动机准时点火，正常工作，在东经142度附近将卫星推入地球准同步轨道，即准静止轨道，并且入轨精度极高。

接着，卫星测控中心按照程序又对卫星进行了姿态调整，使卫星建立了能够正常工作的自转轴垂直于地球赤道平面姿态，获得了利用红外信息长期跟踪控制的条件。卫星也按预定的漂移速度向定点经度位置漂移。

试验的征途总是不能一帆风顺，正当这颗卫星经变轨、远地点发动机点火进入地球准同步轨道，向预定工作位置漂移的时候，西安卫星测控中心通过遥测数据发现，装在卫星上的镉镍电池温度超过设计指标的上限值，并且还有继续上升的趋势。遥测数据显示，卫星的外壳和其他部分仪器的温度也偏高，如果控制不住，温度继续升高，就可能造成蓄电池甚至整个卫星损坏，后果是不堪设想的，这是原来没预料到的情况。

刚刚发射成功的卫星面临极度危险的状态。

地面的技术人员遥测几万公里高空发热的卫星，如同医生在诊断"发高烧"的病人，如果不及时为病人退烧，则会危及病人的生命。

但是，现在的病人并没有呈现在医生的面前，而类似于远程医疗，是远在3.6万公里高度的赤道上空，沿着太空运行轨道在快速飞行。

刻不容缓！如果不立即让卫星退烧，将会引起卫星蓄电池损坏以至整个卫星失效。

此时的孙家栋可以说心力交瘁、疲惫不堪。孙家栋立刻领导并投身到对卫星故障的应急处置中，他立即召集技术人员开会，发挥技术人员的聪明智慧，群策群力，出主意想办法，孙家栋也简练地谈了自己的想法，很快建立了一个解决问题的思路。

孙家栋凭着对卫星及其飞行过程的分析，初步判断认为：卫星发热是由于卫星相对太阳姿态角的变化所引起的。他果断地提出克服蓄电池热失控的应急方案，作出对卫星进行大角度姿态调整，增大太阳的照射角，降低太阳电池阵与蓄电池之间的电压差，减小充电电流，迫使蓄电池停止升温和降温的应急故障处置的决定。

西安卫星测控中心的指挥人员和操作人员一经接到对卫星的处置通知，便及时在地面对3.6万公里高空的卫星发出了应急指令。

他们将星上所有功耗仪器设备全部打开，尽可能多地消耗电能，多次调整卫星姿态，改变太阳辐射角，以减少太阳能电池对卫星的供电，最大限度地增加镉镍电池放电量。

> 发出开启指令！
> 指令发出！
> 星上接到指令，执行完毕！

操作人员根据指示，不断地向卫星发出指令。当这些技术措施顺利完成后，卫星的电池温度立即出现了得到控制的趋势，证明所采取的措施是正确的。

但此时的卫星还不能正常工作，在这种状态下仍然不能正常进行通信传输。

孙家栋与相关专业人员群策群力，又经过几个昼夜的模拟试验发现，当太阳照射角为90度时，卫星能源系统将保持平衡，可以将温度控制在设计指标范围内。孙家栋果断命令对卫星姿态角再调整5度。

1974年11月5日中国返回式卫星发射时，孙家栋就曾在发射指挥室打破正常程序，不顾一切地果断命令："停止发射！"10年后的今天，孙家栋又一次发出了打破常规的指令。

按照正常情况，"立即再调5度"的指令需要根据精确的运算数据结果，形成文件，按程序审批签字后才能执行。在这种紧急情况下，各种审批手续都已经来不及了。操作指挥员确实感到压力巨大，尽管孙家栋的指令已经在设置的录音设备中录了音，但毕竟没有经过指挥部会商签字，但他既然发出了指令，势必要立即执行。

在指挥现场的几个操作人员为了慎重起见，临时拿出一张白纸在上面草草写下"孙家栋要求再调5度"的字据要孙家栋签名，孙家栋毅然拿起笔，在字据的下方签下"孙家栋"三个字。

要知道这三个字的分量和风险，这如同10年前发射卫星的情况一样，也需要把个人的一切顾虑抛到脑后，战争年代这叫作"生死置之度外"。在没有硝烟的卫星发射、测控现场，这难道不是一种不顾个人安危的"大义凛然"！

这时，天上的卫星执行了地面发去的指令后停止了温度上升，温度一点一点回落，出现了下降的趋势，蓄电池热失控的现象被制服了。

西安卫星测控中心对卫星姿态再次调整后，验证了这一措施的正确性，最终正确地选择了长期运行的姿态，卫星终于化险为夷，保证了卫星定点和长期稳定运行。孙家栋这时确实也到了精疲力竭的程度了。

对太空中"发烧"卫星的这种处理决策，在世界航天界实属少有，同事们惊叹这一绝招。事后，对卫星故障处理的这种创造引起了航天界人士的关注，当时人们就纷纷说，这真是为我国通信卫星工程立了一大功劳！

是孙家栋等指挥者的果断决策、处变不惊以及科研人员的全力配合，才最终使中国的第一颗通信卫星发射获得圆满成功。

指挥人员与工作人员应付意外情况的本领，是与他们平时的训练分不开的。

在发射卫星前的准备过程中，张爱萍就要求试验人员必须具备三种本领，即正常情况下的操作本领，预想到的故障情况下的挽救本领，意想不到故障情况下的应急本领。试验人员严格按照张爱萍的这个指示精神，积极应对各种可能的情况。因此，在这次意外中，他们显示了这种高超的心理技术素质。

1984 年 4 月 16 日 18 时 27 分 57 秒，卫星定点在 125 度的赤道上空，实现了运行周期相对于地球的静止同步轨道，中国人在地球之外 3.6 万公里的高空放上了自己的第一颗通信卫星。

在发射工作基本结束以后，接下来就要进行卫星通信试验。在某种程度上说，这才是最关键的一步，它关系到通信卫星的最终成功。

成功进行卫星通信试验

1984年4月17日18时，中国卫星通信试验正式开始进行。

卫星通信试验是对通信卫星定点以后所进行的在轨测试和通信试验，其目的在于了解发射卫星的性能状况。

为了完成卫星通信试验，我国从1975年起就开始建立起一批通信地面站。其中在石家庄和乌鲁木齐建了15米天线的地面站，在北京建了13米的中央站，在南京和昆明建了10米天线的地面站。另外，为了让西藏各族人民看到国庆35周年天安门盛大的阅兵仪式，1984年还抢建了拉萨10米天线地面站。

当中国通信卫星成功定点的消息发出以后，通信地面站的工作人员都异常兴奋，终于可以用我们自己国家的通信卫星进行试验了。以前虽然也做过试验，但都是用的外国卫星。所以，大家都很急切地想看到中国的卫星通信试验情况。在卫星发射前，通信地面站的工作人员就已经做好了地面站设备的检测和调试，就等卫星一上天，第一时间接收到信号。

卫星定点以后，石家庄地面站首先对转发器进行了在轨测试，共测量了10多个参数。试验表明，转发器的各项指标均满足要求，并且优于设计指标。

在轨测试完毕，开始进行通信信息传输试验。由北京通信中央站发送中央电视台当天的电视节目，由乌鲁木齐站、昆明站和石家庄站接收。

18 时 30 分，中央电视台开始发送节目，试验进行了 1 个小时，实践证明，效果优于预期。

当乌鲁木齐、昆明通信站的工作人员和各族人民第一次看到中央台的节目时，心情十分激动。他们感谢党对边疆各族人民的关怀，更感谢党为边疆各族人民能实时收看中央电视台的节目所做的巨大努力。

1984 年 4 月 18 日 10 时，国防部长张爱萍来到北京国防科工委试验指挥所，利用我国试验通信卫星，与远在乌鲁木齐的新疆维吾尔自治区党委书记王恩茂通话，通话声音十分清晰、真切。王恩茂说：

乌鲁木齐市各族人民第一次看到了中央电视台播送的当天的新闻，感谢你们为祖国、为人民作出了很大贡献。

张爱萍说：

这是参加研制试验的全体同志努力的结果，全国人民，包括新疆人民大力支持的结果。

在不进行电视节目传输试验时，进行了 15 套广播节目的传输。由北京的中国国际广播电台经卫星通信线路到边疆地区的对外广播电台。试验时传送了各种中外音乐节目，并用广东话、闽南客家话、日语、西班牙语、俄语、缅甸语和菲律宾语等播送了节目。广播节目音乐优美动听，语言清晰悦耳。

所有检测证明，中国的通信卫星功能非常好。

1984年5月14日，卫星通信试验圆满结束，正式交付使用。

这颗星是中国第一颗地球静止轨道通信卫星，星上配置两个C波段转发器，可在每天24小时内进行全天候通信，包括电话、电视和广播等各项通信试验，开始了使用我国自己的通信卫星进行卫星通信的历史。

"长征－3"号运载火箭的出色表现以及通信卫星的成功，说明我国已具备发射地球同步轨道卫星的能力和条件，中国成为世界上第三个掌握氢氧发动机火箭技术的国家。

至此，我国导弹与航天事业80年代前期的三项重点任务全部完成。与此同时，工程五大系统各个方面都取得了可喜的进步，卫星通信技术也开始迈向世界水平，地球静止轨道卫星的发射与测控技术大幅度提高，低纬度靶场的建设也获得成功。在这些成功的背后，在解决这些问题和克服这些困难中，"331工程"积累了宝贵经验，为我国航天事业又留存了一份宝贵财富。

中国的前两颗通信卫星相继上天了，但中国的通信卫星工程并未就此止步。

1986 年 2 月 1 日，在西昌卫星发射中心，由“长征 - 3”号火箭发射的“东方红 - 2”号实用通信广播卫星，和试验卫星相比，该卫星提高了波束的等效辐射功率，使通信地球站的信号强度明显提高，接收的电视图像质量大为改善，传输质量得到改善，达到两个频道电视转播和 1000 路电话传输能力，卫星设计寿命 3 年。

1986 年 2 月 20 日，卫星定点成功。这标志着中国已全面掌握运载火箭技术，卫星通信由试验阶段进入实用阶段。

“东方红 - 2”号通信卫星是一个地地道道的中国货，与 14 年前上天的“东方红 - 1”号相比，用途已从试验转为实用。它可以传送电视、电话、广播、数据等多种信息，作用可以覆盖中国全部领土领海。与它同时诞生的还有大量的地面试验设备。

在中央的领导下，经过许许多多专家和科研人员的通力合作，中国的卫星通信系统逐渐完善起来。卫星通信工程的不断发展进步，为中国的国防军事以及人民生活提供了极大帮助。

庆祝通信卫星发射成功

1986 年 4 月 18 日，中共中央、国务院、中央军委向全体从事通信卫星研制试验的科学工作者、工程技术人员、工人、干部和解放军指战员发了贺电。

聂荣臻元帅也写信表示祝贺！

4 月 19 日，张爱萍接见了新华社记者。他在记者招待会上强调指出：

> 我国是完全依靠自己的力量完成通信卫星试验的。这些试验表明，我国的运载火箭技术水平不亚于其他先进国家，卫星通信技术也接近世界先进水平！

4 月 30 日晚，在人民大会堂还举行了庆祝试验通信卫星发射成功的庆功大会。

参加通信卫星研制和试验的专家代表同首都 8000 多名群众欢聚一堂，共庆这一来之不易的重大胜利。党和国家领导人胡耀邦、杨尚昆、余秋里等出席了大会。

中国第一颗通信卫星的发射成功，在世界各国也引起了热烈反响。国际舆论一致认为：中国通信卫星的发射成功，是中国航天技术史上的"一个里程碑"，它表明了中国"长征－3"号火箭的崛起与强大！

4月15日，美国国家航空局局长贝格斯还专门给中国航天部部长张钧发来一封贺电。贺电这样写道：

> 你们完全可以为中国航天发射中这一里程碑式的重要成果而感到骄傲与自豪！

是的，中国的航天人历尽15年的艰难岁月，终于用自己研制的"长征－3"号火箭成功地发射了自己研制的"东方红－2"号通信卫星。

这一重大成就，使电视、电话、电传等现代文明的天使迈着轻松的步子，走进了960万平方公里土地上的每一幢高楼大厦、每一间办公室，以及大江南北、千家万户；为幅员辽阔、人口众多的祖国解决了长期通信不便的一大难题；让今天的我们即便躺在沙发上也能时刻享受到现代通信文明带来的阳光雨露；使中华民族在人类文明的历史上又向前迈进了一大步。

正因为"长征－3"号火箭的首次亮相，使中国古文明的太阳再次放射出诱人的光芒，由此开辟了中国火箭走向世界商业发射市场的道路，从而让我们既看到了民族崛起的形象，又看到了中国明天的希望！这应该是一件值得骄傲，值得回望，同时也值得反思的大事情！

三、 初具规模

●卫星通信工程总设计师任新民说："让我们横下一条心，尽快把自己的通信卫星搞出来，打到天上去，让我们中国人争口气！"

●外国发表评论说："'东方红－3'号卫星发射成功，标志着中国卫星研制开始真正进入国际卫星俱乐部。"

决定自主研制通信卫星

1978 年春，邓小平主持召开了一次中央专委会议。这次会议提出了加快研制和发射中国通信卫星的问题。邓小平在会议上作了发言。他说：

> 请一个好老师在人民大会堂讲课也只有一万人能听，那么，我们请这位老师在电视上讲课，大家都有接收设备，就是一个无限大的课堂了。

讲到这里，邓小平回头问坐在身边的领导通信卫星工程的国防科工委副主任马捷："你们研制通信卫星，时间上还来得及来不及？"

"按照您要求的这个速度，的确来不及。"马捷回答说。

"如果来不及，就先买一个。"邓小平沉吟了一会儿说。

邓小平确实有想过买一颗美国的通信卫星，当时中美关系正在恢复期间，中美之间正在进行建交谈判。美国卡特政府的科学技术顾问即将访华。邓小平说："如果这位顾问到中国来了，我亲自跟他谈谈买一个通信卫星。"

不久，这位科技顾问果然来到了中国，邓小平就和他谈了中国想买通信卫星的问题。他来不久，美国航空航天局长也来了。经过谈判，中国购买美国卫星的事就定下来了。

1978 年 12 月，在任新民的带领下，中国宇航学会代表团访问了美国的航空航天局。国防科委副主任马捷是代表团的顾问。代表团访美的主要目的，其实就是谈判购买美国卫星事宜。

为了能以最低的价格，买到最先进的设备，任新民和中国代表团算了再算，除去每一个国内可以自行设计生产的设备。然而，精明的美国佬是绝对不想让中国得到任何好处的，他们不但不降价，还想抬高价格，大赚一笔。由于双方分歧太大，谈判工作一度停止。

在谈判期间，中美正式建交，但这并没有使谈判进展顺利。中方提出要买的卫星，可美方却说："你们要的这个东西，我们也正在研制当中，我们可以为你们提供 C 波段的。"

中方当时已经得到可靠情报，说美国准备把他们的剩余产品卖给中国。中方当然不可能答应。

经过中国多方努力，最终美方作了让步，中美双方达成了意向书。

第二年，美国航空航天局回访中国，双方进一步就中方购买美国卫星问题进行了谈判。这时，邮电部向中央请示说，还没有购买美国卫星的资金。

邓小平知道了这个问题后，当晚就把国防科委主任张爱萍，副主任马捷，国家计委主任余秋里，以及通信卫星工程总指挥任新民请到了中南海。

在邓小平家里，马捷、任新民再次汇报了中国购买卫星的情况。

邓小平明确地说："美国客人来了，由余秋里负责接见。"这里说得很明白，购买通信卫星资金的问题，要由国家计委来统筹解决。

然而，中国购买卫星的问题最后还是不了了之。卫星通信工程总设计师任新民说：

这样也好，就死了这条心吧！让我们横下一条心，尽快把自己的通信卫星搞出来，打到天上去，让我们中国人争口气！

然而，中国关于"买星"还是"造星"的争论却没有停止。特别是随着卫星通信技术的不断发展进步以及我国改革开放后经济的迅猛发展，国内对卫星的需求更加强烈。国内买星的呼声一直很强烈。

1985年7月2日，中国空间技术研究院召开了"关于广播卫星中外技术合作方案讨论会"。在这次会议上，院长孙家栋明确提出了"要以我为主，尽快拿出通信卫星"的方案。随后，研究院向国家有关部门做了汇报。报告的题目就是《我国已具备以我为主研制发射广播卫星的能力》。

在报告书中，研究院强烈恳请不要购买国外卫星，否则，最终只能耽误中国不只两代科技人员的成长，更重要的是，我国可能将因此丧失空间技术发展的时机。

1985 年 10 月 5 日，我国通信卫星发展讨论会在航天部召开，国家科委主任宋健主持了这次会议。

在这次会上，大家听取了中国空间技术研究院《关于如何发展自行研制我国通信广播卫星的设想方案及研制途径》的报告。

在报告中，中国空间技术研究院认为，我国已经造出了"东方红－2"号地球静止轨道通信卫星，建立了一支具有相当水平的通信卫星研制队伍，积累了经验，也一定能够造出性能更好的通信广播卫星。

航天部新任副部长任新民明确表态说：

通信卫星应该以我为主研制，我们有 20 多年的研制经验。

而有关单位的代表则在会议上表示说：通信广播卫星技术十分复杂，如果我国不能尽快造出新型通信卫星，势必影响通信的发展。作为一个公司，我们不能不从经济规律的角度考虑，按价值法则办事……

双方各执一词，让中国关于是买星还是造星的问题到了非解决不可的地步。

初具规模

这时，宋健主任做了最后发言。他说：

> 中国空间技术研究院的意见符合中央精神，我支持他们的态度，不能一说"买星"就什么都不顾了，我们要开阔视野，可以通过国际合作引进新技术，赶上 20 世纪 80 年代的国际水平。

这次会议召开以后，争执双方都开始采取具体措施，向中央汇报请示，请中央做最后的裁决。

主张买星的有关部门迅速拟定了《关于购买外星》的报告，航天部门则拟定了《关于我国自行研制和发射广播卫星》的报告。

双方的汇报几乎在同一时间送到了国务院办公厅。

最后的决策到底如何，双方都急切地等待着党中央国务院的指示。

1985 年 3 月 7 日上午，1986 年度首次国家电子振兴领导小组会议召开，国务院副总理李鹏亲自主持了这次会议。这次会议提出了中国要依靠自己的力量，研制新一代通信广播卫星的意见。

3 月 31 日，国务院正式下发文件，将"一箭三星"规划命名为"862 工程"。

从此，中国关于"买星"还是"造星"的争论最终以研制建造中国自己的"争气星"告一段落。

"东方红－2甲"号发射成功

中国的"东方红－2"号虽然已经有两颗进入太空，可是第一颗未进入预定轨道，另一颗也根本无法满足日益增长的需求。中国急切需求新的通信卫星，满足中国各方面的实际需要。

顶着巨大的压力，承担着相应的风险，范本尧率先提出要在一年内改进"东方红－2"号卫星的性能，使中国的电视上星，以满足国内用户的急需。他担纲编写可行性论证，并制订了总体修改方案。

两年后，经过改进后的又一颗"东方红－2"号卫星成功发射，其通信容量扩大了4倍，地面接收天线的直径也由原来的13米缩小到6米，全国一下子建起了上万个地面电视接收站，比国家原计划开通全国卫星电视业务时间提前了两年多。

范本尧是我国著名卫星总体技术专家。

1957年，就在范本尧开始做毕业设计时，却突然接到了去清华大学报到的通知。原来，为改变当时我国在工程力学方面与国外的差距，由钱学森、钱伟长等著名科学家倡导，在清华大学开办一个工程力学研究生班。范本尧是全班40名同学中唯一被选中的。

在这里，老师是富于创新精神的杰出科学家，学生是有才华有志气的年轻人。尽管这个班后来只办了一年半就停止了，但在这里学到的知识、受到的训练却为他终生从事航天研究奠定了基础。

1958年，毕业于工程力学专业的范本尧再次改行，从此踏上了他攀登空间技术的征程。

返回式卫星对于我国经济建设和国防建设，具有十分重要的作用。20世纪70年代，范本尧主持卫星防热工作，在担任技术攻关组长期间，他研制了新型防热结构，在国内首次圆满解决了卫星返回防热难题，为保证我国返回式卫星的发射回收成功，作出了重大贡献，使我国卫星再入热防护在理论和技术上达到国际先进水平。该成果1978年获全国科技大会重大成果奖。

20世纪80年代，航天事业也和其他行业一样加快了前进的脚步。范本尧也迎来了他事业上的春天。

通信卫星的出现，给人类社会插上了腾飞的翅膀。面对通信卫星都朝着长寿命、大容量方向发展的形势，中国必须奋起直追。1984年，我国成功发射了第一颗试验通信卫星"东方红－2"号。

就在人们欢呼中国卫星通信新时代到来之时，作为通信卫星总体技术负责人的范本尧，却把目光盯向了更远的天空。他知道，此时，国外的卫星电视传输已十分发达，而我们的"东方红－2"号只能用作通信，还不能传输电视节目。

在当时全国"买星"呼声高涨的情况下，范本尧不畏艰难，顶着巨大的压力，率先提出改进目标。

随着又一颗"东方红－2"号卫星成功发射，范本尧和他的同事们又投入到研制我国第一代实用通信卫星"东方红－2甲"号的工作中去。

"东方红－2甲"号是在"东方红－2"号基础上的改进，一颗"东方红－2甲"号卫星总效益相当于三颗"东方红－2"号，使通信卫星由试验、试用阶段进入了实用阶段。

他们针对卫星平台服务系统中电源分系统在维持太阳电池片布片面积不变的情况下，尽量挖掘潜力，以供给有效载荷更多的功率，其他平台分系统基本保持不变，或只是进行适应性修改。

卫星转发器数增为4路，每路功率放大器输出功率增为10瓦，通信天线仍采用国内波束抛物面天线。虽然从外形上看，"东方红－2甲"号卫星和"东方红－2"号卫星第二颗差别不大，但功能已有明显的提高。为了这些改进，航天科技人员付出了大量的辛勤劳动。

1988年3月7日，空间技术研究院研制的第一颗"东方红－2甲"号实用通信卫星发射成功，卫星定点在东经87.5度。它属于中国的第二代通信卫星，其直径2.1米，总高3.75米，卫星发射重量1044公斤。

不久相继成功发射了第二颗和第三颗"东方红－2甲"号卫星，它们分别被定点于东经110.5度和98度。不幸的是，第四颗星由于运载火箭第三级故障而未能进入预定轨道。

这三颗通信卫星分别承担中央电视台和云南、贵州、新疆电视台的节目，30 路广播节目，教育电视台节目等。"东方红－2 甲"号是 20 世纪 80 年代末到 90 年代初的国内卫星通信的主力军。

通过几年的使用证明，三颗卫星工作情况良好，达到了设计使用指标。它们的在轨服务，推动了中国卫星通信和电视转播跨入一个新阶段，大大改变了边远地区收视难、通信难的状况，在我国电视传输、卫星通信及对外广播中发挥了巨大作用。

"东方红－2 甲"号的天线系统由两副双圆盘形全向天线、一副抛物面定向天线及消旋组件组成。通信天线采用线极化方式，上行水平极化，下行垂直极化。测控全向天线采用圆极化方式。定向天线始终指向地面，保持其波束覆盖中国本土 95% 以上的面积。

"东方红－2 甲"号的性能和容量有了较大提高。星上有 4 路一次变频式转发器，工作于 C 波段，可转发 4 路彩色电视或大约 2400 路双向电话。

"东方红－2 甲"号的设计寿命由原来的三年增加了一年。

研制"东方红-3"号卫星

随着时间的推移，"东方红-2"号、"东方红-2甲"号两种卫星的一些弱点逐渐显现出来，它们都已不能满足我国卫星通信事业迅速发展的需要，时代迫切需要新一代的通信卫星服务。

1986年，在中央的号召下，新一代通信卫星"东方红-3"号的研制工作开始启动了。国家把此项工作列为国家重点科研任务，给予了高度重视。广大研制人员大力弘扬"自力更生，艰苦奋斗"的航天精神，攻克了多项关键技术和难题。

经过中国航天人8年的拼搏奋战，人们期盼已久的大容量、长寿命"东方红-3"号通信卫星终于在1994年9月15日踏上了去西昌卫星发射中心的征程，并于11月30日顺利升空。

正当人们准备开始庆祝的时候，意外发生了。

卫星在成功地实施了第一次远地点发动机点火之后，由于姿控推力器泄漏，卫星姿态失控。

后来，虽然指挥员和工作人员通力合作，进行了一个多月千方百计地挽救，又进行了两次变轨，使卫星进入3.6万公里的地球同步轨道，但终因燃料耗尽而使卫星无法定点。

初具规模

073

倾注了 8 年心血的"东方红 – 3"号升空后却不能投入使用，众人的眼光都盯向了总设计师范本尧。

"从 1958 年到现在，最辛苦的算'东方红 – 3'了。"范本尧说。20 世纪 80 年代中期，我国科技界围绕发展大容量卫星曾发生过一场争论。有人主张买，有人主张自己造。

技术继承性越低，意味着开发风险越大。在时间紧、竞争激烈的商业市场上，敢不敢冒这个险呢？

与外国著名空间技术公司相比，我国确实明显处于劣势。但是，不干，中国空间技术人员就没有用武之地，国产通信卫星就会被挤出商业市场，空间飞行器制造工业就会萎缩。

这是关系国家安全、民族荣辱、中国科技工作者自尊的大事。

"硬着头皮上！"航天部门领导最终拍板。范本尧与他的同志们积极行动。

他们大胆采用一流技术，向国际最高水平看齐。卫星在空间稳定采用三轴稳定方案，燃料系统采用双组元统一推进系统，电源采用展开式太阳翼，并广泛采用碳纤维复合材料结构，卫星寿命从 4 年延长到 8 年。

这些设计无疑是鼓舞人心的，但与之相伴的是风险性。仅以延长寿命来说，寿命延长到 8 年，电子器件要使用 8 级到 9 级产品，即 1 亿个元件中只允许有一个失效的，而当时国内产品只能达到 6 级，即失效率比要求的大 100 到 1000 倍。

为了达到设计标准，范本尧他们只能派人到器件厂一个一个地挑选，一个一个地做 2000 小时的老化试验，拿回来后自己再做二次筛选。这已远不是百里挑一，而是千里挑一、万里挑一。

几年时间过去了，通过组织攻关、国际合作和技术引进，小到器件大到系统方案，一项又一项的新技术在一步一步地走向成熟。

他们制作了两颗卫星。第一颗"东方红－3"号卫星于 1994 年 11 月 30 日发射成功。不幸的是，由于出现燃料泄漏，卫星无法定点，像断了线的风筝。耗资数亿元的星丢了，大家心里很沉重。当大家把眼光投向范本尧的时候，他感到了自己所肩负的沉重压力。

眼泪取代不了现实，悲痛换不来成功。摆在中国航天人面前的唯一选择就是鼓起勇气，拼搏再战。范本尧率领大家，很快地就投入到了新的战斗。

首先要做的是尽快找出故障原因，可卫星在 3 万多公里的太空，看不见摸不着，问题到底出在哪里？范本尧几天几夜睡不着，躺在床上眼睛直瞪瞪地看着天花板。不久，专题调查组成立了。

航天总公司组织了一些有几十年经验的老专家进行会诊，与设计师们一起探索、分析，并进行了仿真试验。4 个多月以后，终于找到了问题的症结所在。

从"东方红－2 甲"号到"东方红－3"号，技术跨度大，只有 20% 的技术可以继承，在卫星七大系统中，需要解决的技术难点上百个，这在国外航天史上极其罕见。

作为卫星的总设计师，范本尧组织专家反复研究设计方案和故障分析。

发射地球同步定点卫星是一项难度极大的技术，到当时为止，世界上也只有包括中国在内的少数几个国家才能完成。而在当时，对于范本尧和他的同事们来说，无疑是一次艰难的跨越。

两年多的攻关，范本尧他们经过详细的地面模拟试验，边查找分析故障原因边完善优化设计方案，先后解决了 10 多个技术问题。

两年之中，为了赶进度、保质量，绝大多数同志从来没有休息节假日，有的已到退休年龄，依然主动要求坚守在工作岗位，有的推迟婚期，有的婚后第二天就赶来上班，有的积劳成疾病倒在岗位上。

负责卫星主结构系统碳承力筒加工的师傅赵丕栋，患有胰腺炎，疼痛难忍，为了确保进度，他仍钻进长 2 米、直径一米的碳筒内打孔 500 多个，落在身上的有毒粉尘使全家人都染上了"奇痒症"。

承担跟踪系统测试的助理工程师王风春，在与厦门和渭南地面站进行应答机联试时由于连续加班过度疲劳而昏倒在岗位上，抢救过来后，医生要将他送医院治疗，他坚决不肯，没办法医生只好陪着他加班。

随队医生苏秀琴来到发射场的当天，突然接到正在上军校的 18 岁独子病故的消息，中年丧子无疑是巨大的打击，但她只用了 10 天时间，忍着悲痛，料理完丧事便匆匆赶回了西昌。

"决战'东方红 – 3'，确保成功"是航天人心中的誓言。在发射场每一个角落、每一个时段，到处可见广大科技人员酣战的场景。

每天晚上调度会是航天人特有的会议，是对当天工作质量进行复查的专题会，也是保证下一步工作有序开展的协调会，更是一次联系实际的形势教育动员会议。

主持调度会的副总指挥潘维孝尽管两年前已到退休年龄，且患有高血压病，常常感冒发烧，但他边输液边开会，从未耽误过一次。

为了解决燃料泄漏问题，"东方红 – 3"研制工作者们对所有的燃料管进行了更换，并对同型号、同批次的产品，逐个进行试验。为了检验姿控发动机的性能和质量，他们生产了 50 台发动机，但实际用在卫星上的只有 14 台，其他的全部用于试验，确保万无一失。

卫星加注是危险的操作，要用直径 8 毫米的管子，加注 1.3 吨的燃料，稍有不慎就会星毁人亡。

为确保加注顺利完成，研制者用了 6 天时间反复演练，练得技术人员眼流泪、手发麻，但也练就了闭着眼睛操作的绝活。

十年艰苦奋战，十载酸甜苦辣，中国的全新一代通信卫星"东方红 – 3"号在经历了挫折和失败后重新站了起来！

成功发射 "东方红 -3" 号卫星

1997 年 5 月 12 日夜，地处祖国大西南凉山腹地的西昌卫星发射中心，被一块阴云笼罩着。

扬声器里，中心指挥部与设在祖国各地的卫星观测站之间联系的呼叫声不断，发射人员匆忙地做着各自的本职工作。

发射中心指挥大厅里，巨大的显示屏上的电子时钟，在一秒一秒地走着。

······5、4、3、2、1。

点火！

起飞！

随着零号发射指挥员的口令，操纵手迅捷地按动了面前的发射按钮。

随着一声闷雷般的巨响，有空中美男子之称的 "长征 - 3 甲" 号运载火箭，托着我国最新研制的 "东方红 -3" 号通信卫星拔地而起，直刺蓝天。

在发射中心指挥大厅巨大的显示屏上，"东方红 -3" 号卫星正沿着预先设定好的轨迹，向东南方画出一道优美的曲线。

作为卫星设计总师，范本尧坐在指挥大厅里显得很安详。然而他的安详并非出于对卫星的自信，而是没有到该紧张的时候。

星箭分离成功！

西昌卫星发射指挥大厅响起一阵掌声。

这掌声打断了范本尧的回忆，他的心一下子揪到了一块，火箭圆满的完成了任务，现在该卫星表演了。他全神贯注地与大家一起指挥卫星完成了几百个高难度动作。

8 天后的 5 月 20 日，卫星准确地定点在东经 125°、3.6 万公里的赤道上空。在轨测试表明，星上仪器工作正常，技术性能良好，话音和电视图像清晰。

得到这些宝贵的数据，范本尧舒心地笑了。

"东方红 – 3"号中容量通信卫星从低水平摸索起步，把我国通信卫星的研制提高到了一个崭新的水平。从那以后，"东方红 – 3"号开始为中国的亿万个家庭传输电视信号。

这颗耀眼新星的升起，使我国通信卫星的性能提高了 16 倍，卫星研制技术达到国际同类卫星的先进水平，部分单项技术达到了国际 20 世纪 90 年代先进水平，极大地促进了我国卫星通信事业的发展。

国外航天大国的有关人士发表评论说：

"东方红－3"号卫星发射成功，标志着中国卫星研制开始真正进入国际卫星俱乐部。

在对"东方红－3"号卫星的测控过程中，西安卫星测控中心首次采用同国际标准兼容的新型测控网，对卫星成功地实施了三次变轨和多次定点捕获及轨道修正。

"远望号"测量船实现了从海上测量到测控的新跨越。"东方红－3"号卫星的定点成功，表明我国航天测控技术跃上了一个新台阶。

由中国空间技术研究院研制的"东方红－3"号卫星，是我国新一代实用广播通信卫星。星上装有24个C波段转发器，工作寿命8年。转发器数量是我国在此之前研制使用的"东方红－2甲"号通信卫星的6倍，寿命是它的两倍。

一颗"东方红－3"号卫星的容量相当于12颗"东方红－2甲"号。

"东方红－3"号的发射成功，对于缓解当时我国通信紧张的状况，促进卫星通信事业的发展，巩固我国在国际航天发射市场的地位，具有十分重要的意义。

用来发射"东方红－3"号卫星的"长征－3甲"号运载火箭，是我国自行研制的地球同步轨道运载能力较大的运载火箭。此前该型号火箭已进行过两次发射，均告成功。

这次是"长征"系列火箭的第四十四次发射。"长征-3甲"号运载火箭起飞质量为240吨，起飞推力约3000千牛，可将2.6吨的有效载荷送入地球同步转移轨道，同时也可兼顾其他轨道卫星的发射。"长征-3甲"号上新采用的大推力氢氧发动机、四框架挠性平台等多项新技术，目前世界上只有少数几个国家掌握。

中共中央政治局委员、国务院副总理吴邦国亲临发射现场观看了发射，并代表党中央、国务院、中央军委，向参加研制、生产、发射试验的全体人员表示亲切慰问和祝贺。

他在观看发射后指出：

中国航天事业大有希望，航天事业要为经济建设作出贡献。

吴邦国5月11日来到发射中心后，立即听取了国防科工委、航天总公司关于"东方红-3"号卫星发射准备情况的汇报，之后又来到火箭、卫星测试厂房和发射场等地，详细询问了火箭、卫星、发射场的情况，并亲切慰问了正在工作的科技人员和解放军官兵。

发射前约40分钟，吴邦国来到卫星发射指挥控制中心大厅，并在观看发射实况后发表了讲话。他说：

20多年来，特别是改革开放以来，我国航

天事业有了比较大的发展，先后成功地发射了多颗国内外通信卫星，特别是亚星、澳星的发射成功，迈出了我国航天事业走向世界的第一步。

吴邦国指出，这次发射"东方红－3"号卫星，航天总公司、国防科工委及参试部队在面临许多困难和很大压力的情况下，坚决贯彻党中央、国务院、中央军委关于提高发射成功率的一系列重要指示，精心准备，沉着应战，做了大量艰苦细致而又卓有成效的工作，为成功发射奠定了坚实基础。实践证明，我国航天事业前途光明，大有希望；航天队伍不愧是一支政治合格、技术精湛、作风顽强、敢打硬仗的队伍。

吴邦国还说，今年是我国历史上的重要一年，党中央、国务院、中央军委对组织好今年的每一次卫星发射都格外关注，江泽民主席、李鹏总理先后都作过很多重要指示。

吴邦国要求航天战线人员，特别是战斗在第一线的科研试验部队和科技工作者，要保持清醒头脑，认清肩负的责任，从讲政治的高度，以对党、对人民极端负责的精神，扎扎实实做好发射的每一项工作；要认真贯彻和落实江泽民主席"管理要天天抓，质量要天天讲，一刻也不能放松"的要求，视质量为生命，严密组织，做到打一仗进一步，力争每发必成，为国民经济建设作出贡献。

航天总公司总经理刘纪原在发射成功后也发表了讲话。他代表航天总公司向所有关心、支持航天事业的社会各界以及这次发射的全体参试人员表示感谢。他说：

> "东方红－3"号卫星的发射是我国航天史上一个重要的里程碑，也是党中央、国务院、中央军委和全国人民共同关心的一件大事。他要求航天科研人员一定要认真总结经验教训，保持清醒头脑，力争后续型号取得全面成功，为党的十五大召开及香港回归献上一份厚礼。

5月20日，定点于东经125°的卫星天线发出的强大电波，像一团轻纱轻轻罩住960万平方公里的"雄鸡"版图，将大大缓解我国通信卫星空间信道的紧张局面。

"东方红－3"号主要用于电话、数据传输、传真、VSAT网和电视等项业务。"东方红－3"号卫星的研制成功和投入使用，标志着我国在通信卫星领域跨上了一个新的台阶。

卫星定点成功后，国务院、中央军委于5月20日发出贺电，对卫星发射成功表示祝贺。

贺电说：

> 国防科工委、航天工业总公司并转参加"东方

红－3"号通信卫星研制、发射工作的同志们：

欣悉你们用"长征－3甲"号运载火箭，将我国"东方红－3"号中容量通信卫星成功地送入预定轨道，并定点于东经125度赤道上空。这是你们认真贯彻党中央、国务院和中央军委的各项指示，自力更生，艰苦奋斗，团结一心，刻苦攻关，保证质量的结果。国务院、中央军委特向参加研制、发射、测控及各项保障工作的全体同志表示热烈的祝贺！

研制、发射"东方红－3"号通信卫星，表明我国通信卫星技术又上了一个新的台阶，对于进一步振奋全国人民的精神，促进我国卫星通信事业的发展，推动我国改革开放和经济建设，提高我国在国际航天领域的威望，巩固我国在国际航天发射市场的地位，都具有重要意义。

希望你们认真总结经验，继续发扬成绩，开拓进取，再创新的业绩，为加快我国现代化建设事业的发展不断作出新的贡献！

国务院

中央军委

1997 年 5 月 20 日

"东方红 -3"号平台创造新纪录

为了更快地发展我国的通信卫星事业，"东方红 – 3"号通信卫星成功发射以后，我国新立项了一颗卫星，"中星 – 20"号卫星，它是"东方红 – 3"号的后继星。

1998 年，是我国"东方红 – 3"号通信卫星成功发射的第二年，"中星 – 20"号开始进入攻关研制阶段，王家胜勇挑重担，被任命为总指挥兼总设计师。

王家胜 1943 年生于美丽的山城重庆，是中国的著名卫星专家，担任了"中星 – 20"号卫星总指挥兼总设计师。王家胜小时候家里很穷，有人问王家胜长大想干什么，他脱口而出说想当科学家，后来当了卫星总设计师的王家胜还会经常回味那个梦想。

1960 年，17 岁的王家胜走进四川大学无线电系。大学 5 年，他创造了一份十分难得的纪录，所有科目考试全部"优秀"。

就在大学里，他有了一次终生难忘的教训。一次考试，他粗心大意漏做了一道 10 分的小题，这使他在以后的工作学习中始终坚持"认真，认真，再认真"的精神，即使最简单的运算也绝不大意，总是再三检查。后来在做中国卫星总指挥兼总设计师时，王家胜尤以工作作风严谨细致著称。他经常说，多亏大三时的这次考试教育了他。

1965 年，大学毕业后他顺利考取中国科学院研究生。1966 年，王家胜接手"和平－2"号探空火箭天线的研制工作。后来他还进行过返回式卫星天线的研制，并于 1978 年获得全国科学大会成果奖。

1983 年 3 月，中国和意大利两国签订了"天狼星"通信卫星国际合作协定。两国技术人员要利用意大利"天狼星"做大量的试验。北京地面站的项目包括电波传播、数字通信、报纸传真、时钟对比和卫星在轨性能测试等。

王家胜担起了中方技术负责人的重担。

7 月 16 日下午，激动人心的时刻到了。当时的中国国家主席李先念和意大利总统佩尔蒂尼通过北京地面站和"天狼星"互致问候，通话声音清晰、音质良好。这是中意合作协定中的第一个项目，同时又是一个重大的政治任务。这次任务的圆满完成，得到了外交部等有关部门的好评。王家胜还受到李先念主席的亲切接见。

1992 年，我国"东方红－3"号通信卫星进入重要的研制阶段，这是我国当时新一代卫星平台系统，就通信能力而言，相当于 12 颗"东方红－2 甲"号通信卫星，需要攻关的地方很多，需要协调的事情更多。

这一年，王家胜在担任了 4 年五院驻德国 MBB 公司合作项目总代表后，回到中国。不久，他就被任命为"东方红－3"号通信卫星副总设计师，协助总设计师主管卫星总体工作。

从此，"东方红-3"号卫星公用平台在王家胜的脑海中生根发芽，他也成为我国对这个平台最熟悉的几个专家之一。这为他以后最大限度地利用这一平台研制功能不同的新卫星奠定了坚实的基础。

卫星平台是由卫星服务保障系统组成，可以支持一种或几种有效载荷的组合体。卫星平台实际上就是除了有效载荷或有效载荷舱以外卫星的其余部分。卫星平台可以由卫星服务保障系统组合成一个或几个舱段，例如服务舱、推进舱和返回舱。

卫星平台不论安装什么有效载荷，其基本功能是一致的，只是具体的技术性能会有所差别。根据这一特点，世界上许多国家在卫星研制中，都采取卫星公用平台的设计思路，使卫星平台具有通用性，在一定范围内适应不同有效载荷的要求。也就是说，装载不同的有效载荷，卫星平台只作少量适应性修改即可。采用这种公用平台的设计方法，可以缩短卫星研制周期，节省研制经费，提高卫星可靠性。

支撑卫星的有效载荷的卫星平台也称为服务舱，一般分为以下几个系统：能源分系统为整个卫星提供能源；姿态轨道控制系统保持卫星天线指向和运行轨道的准确；推进系统为卫星定轨，保持轨道和控制姿态提供动量；遥测、测距和指令系统和地面控制中心联系；温度控制系统保证卫星各种器件工作在合适的温度。

中国"东方红－3"号卫星平台是在范本尧总设计师的率领下顺利完成的。它为中国的卫星事业提供了坚实的基础。

当"东方红－3"号通信卫星获得国家科技进步一等奖的那一刻，范本尧只是短短地喘了口气。对于设计寿命为8年的"东方红－3"号来说，范本尧知道，这仅仅是个开始。

20世纪末，世界上80%的洲际通信业务和100%的洲际电视传播，以及众多的区域通信，均是由通信卫星承担，已形成了一个巨大的通信卫星产业。

而采用三轴稳定姿控方式，装有24路C波段转发器的"东方红－3"号通信广播卫星，也已经纳入我国卫星通信业务系统，在公众通信、数据传输、VSAT网和电视传输等方面，创造了巨大的经济和社会效益，也为祖国的卫星事业赢得了国际荣誉。

以"东方红－3"号卫星为基础，范本尧总设计师提出了30多项改进措施使卫星平台更完善更可靠，建立起我国第一个高轨道卫星公用平台。不久就有4个型号7颗卫星采用了该卫星公用平台，为国民经济建设和国防建设作出了重要贡献。

1998年，王家胜被任命为"中星－20"号卫星总指挥兼总设计师。而我国"东方红－3"号卫星平台基础上研制的第七颗卫星就是"中星－22"号。

"中星－22"号有效载荷重量220千克，比"东方

红 – 3"号平台其他卫星重量高出 30%，约 50 千克。由于地球同步轨道卫星的特殊性，对卫星质量要求十分苛刻，差 50 千克将可能使卫星寿命缩短两年。上任后的王家胜坐不住了，他说：

> 这怎么行，好不容易研制一颗卫星，少用两年可不行！

王家胜决定给卫星瘦身，但他的想法立即遭到了不少人的质疑和反对。有人善意地劝他说："老王，这是首发星，又是单星合同，啃这个'硬骨头'风险太大了。"王家胜明白大家的善意，但他更想保持卫星的高性能和长寿命指标。他以"明知山有虎，偏向虎山行"的胆量给自己下定了决心。

王家胜首先打上了镍氢电池的主意。这一国际先进水平的电池当时在国内还没有人尝试，用上它，一下子就可以使卫星减掉十七八千克。当然，这一技术也带有很大的风险性。

为了达到目的，王家胜组织人马，努力攻关，随着一个个难题的解决，王家胜成了第一个吃"螃蟹"的人，成功地给卫星瘦了身。

别处，设备小型化、卫星用电缆网和总体布局配平等也成了王家胜给卫星"减肥"的重要环节。他规定，任何单机哪怕增加 100 克重量，也必须经过他的认可。

100 克，也就是 2 两。

不懂卫星的人可能会想："对于起飞重量 2 吨多的卫星来说，2 两算得了什么？"可卫星专家王家胜不这样认为，他认为，只有从严、从细做起，才能达到给卫星减重的目标。

王家胜的"锱铢必较"最终创造了"东方红－3号"平台的新纪录。

到 2003 年"中星－22"号研制试验最终完成，它的重量和此前所有的"东方红－3号"平台卫星相比，有效载荷重量最重，加注的推进剂最多，配重的重量最轻，起飞重量最低，综合这些"最"，"中星－22"号达到了最佳配置。同时，该星实现了多项创新，整体上达到了国际先进水平，还获得了国家科技进步一等奖。

发射"东方红-3"号后继星

2000年1月26日凌晨，伴随震天巨响，"长征-3甲"号运载火箭载着"中星-22"号通信卫星从西昌卫星发射中心顺利升空。

"中星-22"号为实用型地球同步通信卫星，是"东方红-3"号的后继星。这颗卫星总重2.3吨，设计使用寿命8年，主要用于地面通信业务，由中国通信广播卫星公司经营。

卫星进入转移轨道后，将在西安卫星测控中心和航天远洋测量船等测控网的跟踪控制下，定点于东经98度赤道上空。

发射成功后，中心的员工欢呼雀跃，许多人激动得泪都流出来了。大家紧紧地拥抱在一起，终于打赢了新千年中国卫星的第一仗。

"中星-22"号的发射，是中国卫星事业新千年的第一仗。为打好这第一仗，西昌卫星发射中心全体科技人员团结拼搏、无私奉献、刻苦攻关。

为了进一步适应国际航天发射市场的需要，提高中心的综合发射能力，从1999年开始，发射中心就进行了大规模的设备更新和改造。

"中星-22"号卫星发射任务启动之时，正是发射中心部分大型设备改造项目进入关键阶段之际。这些项目能否如期、保质保量地完成，直接关系到卫星发射任务能否如期顺利实施。

为了不耽误新千年的第一星，广大科技工作者克服研究条件差、资金紧张、资料缺乏等重重困难，废寝忘食，争分夺秒，勇攀科技高峰。

经过科研工作者的辛勤努力，发射中心的设备功能大大提高。过去在指控大厅参观卫星发射，在火箭飞出视野后，只能凭大厅回响的调度声音和枯燥的数字模拟火箭的飞行状态，而现在则可以通过逼真的火箭飞行动画直观地感受到火箭起飞至卫星定点的全过程。

这一项技术的改进和创新与指控站安全控制台女操作手何京江的努力是密不可分的。何京江是中心的"女安全官"，已年过 30 岁的她本来打算在新千年生一个小宝宝，但看到指控大厅大屏幕改造工程任务繁重、人手紧张，便主动放弃了原来的计划，承担起了指控大厅大屏幕改造工程 SGI 图形工作站部分的任务。

但是完成这个任务并不是一帆风顺的，由于设备进场时间晚，加上对设备装载的软件不熟悉，何京江在改造大屏幕时遇到了许多意想不到的困难。

但何京江没有向困难低头，而是勇敢地挑起了这个重担。对设备原理、性能不了解，她就虚心向科研所的师傅求教；设备资料短缺，就自费到地方书店购买有关技术资料，并将设备附带的英文资料逐字逐句翻译成 3

万多字的中文；任务重、工作紧，就放弃节假日，一天干两天的工作，累计加班 240 小时。

在攻坚的关键阶段，何京江连续三天没睡一个囫囵觉，终于功夫不负有心人，她提前两周就拿出了科研成果。

李杰亮作为中国航天的新人，同样为"中星 – 22"号的发射作出了杰出的贡献。他是 1999 年刚从国防科技大学计算机系毕业的硕士研究生，来到发射中心，他就开始投入为新千年第一星发射做准备的工作中去。

在发射中心指挥大厅大屏幕改造工程进入实施阶段后，遇到了指显网关子系统相应软件的开发与研制问题，如果不能及时攻克难关，势必影响"中星 – 22"号任务的如期发射。

李杰亮为克服这个困难，付出了艰辛的劳动。在长达一个多月的鏖战中，他把"家"都搬到了机房，累了靠在沙发上打个盹，饿了吃一包方便面，先后查阅了 30 多万字的技术资料，做了数百次试验。

一次夜间加班，李杰亮由于疲劳过度，一头栽在冰冷坚硬的地板上，头上划破了 5 厘米的口子，在同事的搀扶下到卫生队缝了三针，又回到机房继续工作。

一切为了任务，无条件服从大局，这就是发射中心科技工作者长期以来形成的优良传统。初为人父的科技干部权长荣，在任务转场的关键阶段忽然接到妻子的电话，说家里发生了紧急情况。

原来权长荣刚刚出生不到两个月的孩子患了急性肺炎，情况十分危急。而年轻的母亲又六神无主，只得要丈夫赶回家帮忙照顾孩子。

权长荣接到电话后也稍微犹豫了一下，毕竟是初为人父，自己的孩子病了怎能不心疼。然而他并没有留给自己太多的时间去掂量这件事，一个航天科技工作者潜意识中的"国家利益至上"驱使他选择了留在任务一线。

后来，室里领导得知此事后，调整了值班人员，硬要权长荣回去看看病中的孩子，他考虑再三，向领导请了半天假，赶回 60 公里外的西昌看望孩子。在医院，他急匆匆地安慰了哭泣的妻子，亲吻了昏迷的孩子，便踏上了回队的车。

技术骨干胡新良是 45M 平台的吊装指挥。2000 年 1 月份，已怀有 6 个月身孕的妻子独自一人从唐山赶回徐州准备生孩子，但路途遥远，又无人照顾，不幸流产了，情况十分危险，家人打来电报让小胡回去照料身体虚弱的妻子。

得到消息后，这个平时乐呵呵的硬汉子流下了热泪。可吊装岗位上只有自己是经历过多次任务的老骨干，要是走了，怎么让人放心得下？孩子没有了以后还可以再要，新千年的首次卫星发射失败了，自己会后悔一辈子的。小胡把悲痛埋在心里，将妻子托付给老家的父母，顶着家人的埋怨继续留在了工作岗位上。

四、 创造辉煌

● 阚凯力说："因为我们早就有那技术了，外国人说我们没有3G，就是想让我们买他的设备，包括西门子。"

● 陈豪笑笑说："年轻的同志能唱一出赵云的'长坂坡'，我呢，就给咱演一场老黄忠的'定军山'！"

● 周志成说："要完成跨越式的发展，创新是唯一途径，必须创新流程，也必须创新技术。"

成立通信广播卫星公司

1985 年，中国通信广播卫星公司成立。中国通信广播卫星公司是中国国内首家运营卫星通信广播业务的国有企业，隶属于国家信息产业部。

中国通信广播卫星公司创办以后，不断开拓进取，经过十几年的发展，企业初具规模，具备了全面承担国内各种卫星通信广播业务的能力。公司还相继拥有了"中星 –6"号、"中星 –8"号两颗卫星。

中国通信广播卫星公司经营多套 VSAT 系统，各种单、双向用户站达到 2 000 个，广泛服务于民航售票、海洋预报、地震监测、金融咨询、期货证券、话音通信以及无线寻呼和高速数据全国联网等业务，并具有总承大型卫星通信系统工程的综合实力。

中国通信广播卫星公司的成立是与"海归"阚凯力向党中央、国务院的建议密不可分的。阚凯力是北京邮电大学经济管理学院教授。他曾获得美国斯坦福大学博士学位。

20 世纪 80 年代初，中国电信界发生"KC"通信卫星方案之争。

所谓的"K"方案即采用 K 波段卫星直播电视节目，号称技术先进，却需要每家每户购买卫星信号接收机；

"C"方案则是选用C波段把电视信号通过卫星传至各地转播站，再以电视转播方式播出，用多余容量经营电信业务。

在美国通信卫星公司极力鼓动下，有关主管部门倾向采用"K"方案，并且当时国家有关部门已经着手进行国际招标。

当时的阚凯力还是斯坦福大学的学生，虽然身在美国，但他对中国的通信事业十分关心。当时，他仔细研究了中国"KC之争"，通过他的努力，看穿了美国通信卫星公司的企图。

其实，美方当时已经意识到电视直播方案即所谓的"K"方案必然失败，而又不愿让已经订购的K波段卫星烂在手里，因此大肆鼓吹该方案的技术先进性，正是为了把包袱甩给中国。

当了解了这个情况以后，阚凯力当即写信给国务院总理，建议成立卫星公司，以摆脱计划经济体制下的部门所有制。该信很快得到回应，阚凯力奉召回国参与方案论证。

经过阚凯力等人的努力，以及各方面的认真论证，他们向国家有关部门提交了论证结果。最终国家有关部门全盘采纳了他的意见。

1985年，中国通信广播卫星公司成立并采用了阚凯力所起的英文名字"ChinaSat"，同时聘请他为公司特别顾问，负责协助在美国购买卫星。

1987 年，阚凯力在中科院叶培大院士的领导下，起草了中国科学院一个项目的主报告《按照商品经济规律改革我国通信管理体制》。

1996 年始，阚凯力向国务院提交对中国电信重组的建议，并从此新论不断，反电信南北拆分，反小灵通，反漫游费，反 3G，不断引起舆论大哗。

在一次"海归"们的谈话中，西门子中国有限公司副总裁王春岩对阚凯力说："阚老师，漫游费可以反对，但 3G 就不要反对了。"

阚凯力大声说："我反定了！"众人大笑。阚凯力说：

因为我们早就有那技术了，外国人说我们没有 3G，就是想让我们买他的设备，包括西门子。

众人又大笑。王春岩说："那个业务，西门子已给诺基亚了，与我没关系。"

在中央领导的关怀下，在火箭卫星专家们的努力攻关下，在无数试验发射人员的刻苦工作下，中国的通信卫星不断地升到了天空；而这些"海归"专家们，又引导中国的卫星通信走上正轨，为中国的卫星通信事业迈向市场起了促进作用。

用最短时间研制新的通信卫星

从 2002 年开始确定立项到 2006 年进入发射中心准备发射，短短的 3 年多时间，"中星 – 22A" 号星的研制实现了快速成功。

在这 3 年多的时间里，研制人员刻苦攻关，不仅在技术上实现了许多新的突破，而且还保质保量地按时完成了任务。这样短的时间、这样高的质量在卫星的整个研制史上也是不多见的。

"中星 – 22A" 号星的研制成功，是与该星主管有效载荷的副总师、航天科技集团公司五〇四研究所的老专家陈豪的努力分不开的。

陈豪当年从中国科技大学一毕业，就来到了条件较为艰苦的航天五〇四研究所，这一干就是 40 年。

当 "中星 – 22A" 号星研制成功后，有人问陈豪现在最想说的一句话是什么。面带微笑的他说：

我可以给自己画上圆满的一个句号了。

"一个圆满的句号"，说来如此轻松，做起来却并非易事。几年下来，陈豪原本花白的头发上又增添了许多的银丝。作为 "中星 – 22A" 号星的副总师，他要操太多的心，流太多的汗。这不仅有来自型号研制中的困难，还因为他是这支队伍的领导。

2002年，"中星-22A"号星开始确定立项，当时就准备到2006年进行发射。只有短短3年的研制时间，但要求却是相当的高。不仅要实现全新的卫星有效载荷，还要确保卫星在轨可靠，运行稳定；不仅在技术上要攻关突破，而且还要保证卫星长寿命，高可靠；这样短的时间、这样严的要求着实吓退了一部分人。

但是这些并没有吓倒陈豪，他什么话也没说，硬是咬牙接过了这个责任令。别的同志见了，说："老陈，你行啊，真是老当益壮！"

陈豪笑笑说：

> 年轻的同志能唱一出赵云的"长坂坡"，我
> 呢，就给咱演一场老黄忠的"定军山"！

在陈豪接手的那一刻，这出戏就拉开了帷幕。既然开始，就得一路演下去，还必须要有一个精彩的结局。因为他知道，作为一个航天人，"只能成功，不能失败"！

在研制过程中，陈豪他们注重跟用户的沟通，将用户的要求直接反映到具体的工作中，用户的要求就是研制队伍的要求。

同时，总指挥、总设计师通过各种方式，随时掌握各研制单位的工作进展情况，而整个卫星系统则"很少开大

会"，这样既提高了工作效率，又节省了财力、物力。

为了确保各项工作质量，陈豪他们真的是"小心翼翼"，不放过任何一个细节。但是，要保证每一个岗位、每一个人员在每一个节点、每一项工作中都能做到"小心翼翼"，这可不是个小的问题。

"中星－22A"号星总指挥迟军说：

规章制度固然重要，但是只有转化为文化，成为科研人员的自觉行为，才能真正确保产品质量。

在像陈豪这样的卫星专家的带领下，这颗卫星的研制队伍和发射队伍中，很快就形成了一种小心翼翼地"质量文化"。这种文化的基础，则是五院在几十年的型号研制过程中，积累的丰富的质量保证经验，制定的一系列质量规章制度和行之有效的研制操作规程。

在这样的文化氛围里，每一位研制人员和发射队员都严格要求自己。

卫星总指挥迟军说：

我们工作的首要原则，就是不折不扣执行既有的各项规章制度。

回首"中星－22A"号星的研制之路，陈豪心里充满了自豪的同时，也有来之不易的感慨。

在某变频器和接收机的研制中，陈豪身先士卒，亲力亲为。60多岁的他和年轻的设计师们一道，攻坚克难，夜晚的试验室里常常有陈豪的身影。转发器试验需要昼夜值班，他安排自己第一个值班。

就在卫星出厂前，由于某元器件失效，需要进行质量归零复查。陈豪连续奔波往返于西安和北京之间。家里老伴身体不好，他也无暇照顾。事后他抱歉地对老伴说："我这个老总，总是对你照顾不到。"

其实，对于陈豪而言，任何事情只要和卫星一比，肯定得往后排。出于对中国卫星事业多年的感情和忠诚，陈豪已经养成了自己这种不可更改的思想。

有一年国庆节，五〇四研究所里要把改进型的F波段输出多工器正样交付北京。飞机不安全，火车托运又不放心。在此情况下，决定用汽车运输。

陈豪知道了这个消息，非要随车去北京，因为卫星就是他的命根子，不亲眼看着产品交付，实在不放心。

当时我国许多地方还没有高速公路，特别是走在山中的公路上，汽车内又拥挤，路又颠簸，年轻人都会腰酸背疼，何况两鬓斑白的陈豪呢。

可是沿途之中，陈豪始终惦记着产品，把自己的痛苦全部都忘记了。遇到路况不好，他就会叮嘱司机注意点，开慢些，并用双手托扶着产品。同去的小伙子戏说道："哈哈，这产品真跟咱老陈的孩子一样啊！"

后来，卫星研制成功后，被安全地运抵发射中心，电测设备开箱合格率100%。这是在总指挥迟军的意料之中的。因为在出发前的装箱过程中，他亲眼看到发射队员"个个小心翼翼"，同时一路上精心地呵护着这些非常娇贵的仪器。

进入发射中心以后，发射队员对于质量问题更是不敢掉以轻心。质量是硬道理，此次卫星进入发射中心后，各项测试都保持了"零缺陷"纪录。

发射队员的表现确实也让总指挥比较满意，他说：

> 这是一支高素质的队伍，每个人都应该表扬。

随着"中星－22A"号星的成功，陈豪也终于给自己的研制历程画了完美的一个句号。

已经60多岁的陈豪最大的愿望就是能多为祖国的航天事业培养些人才，希望祖国的航天事业后继有人。陈豪说：

> 一个人本领再大，也只是孤军作战，虽然我国在航天领域取得了一些成就，但是我们只是一个航天大国，还不是航天强国。

为了使我们国家尽快成为一个航天强国，如今的陈豪就只想当一个好铁匠，他要为祖国的航天事业，打造更多、更好的铁钉。

打响五年揭幕第一仗

2006 年 9 月 12 日，秋日的余晖洒向川西大凉山静谧的峡谷，凉爽的晚风轻轻吹拂着黛色的山峦。

"长征 - 3 甲"号运载火箭发射"中星 - 22A"号通信卫星的发射控制工作，就在西昌卫星发射中心一处戒备森严的地下室里进行。

在这个并不算很宽敞的地下室内，电测、遥测、外测等系统技术人员，正按规程对火箭和卫星做最后的测试检查。大屏幕上，各类数据、图表频频变化，调度口令声此起彼伏。

23 时 50 分，大雾之中的群山已经酣睡。此时，西昌卫星发射中心灯火通明，"长征 - 3 甲"号运载火箭托举着"中星 - 22A"号卫星静静地矗立在发射塔架旁。

包裹卫星、火箭的发射塔平台缓缓打开。发射塔架一侧，"长征 - 3 甲"号和"中星 - 22A"号星箭组合体倚天矗立、蓄势待发。火箭顶部是一个大型圆锥体，里面就是中国自行研制的"中星 - 22A"号通信卫星，圆锥体表面的五星红旗标记和乳白色箭体上"中国航天"四个大字格外醒目。

五分钟准备！

火箭发控台操作手迅速为火箭控制系统加电。

北京时间 13 日零时 2 分，现场指挥员发出命令：

点火！起飞！

山谷中爆发出震天巨响，伴随着地动山摇的巨大轰鸣声，"长征－3 甲"号运载火箭底部同时喷射出橘红色的火焰。顷刻，火箭和卫星在火焰的托举下拔地而起，刺破云雾，扶摇直上九霄。

大约 10 秒钟后，火箭由上升而改为向东南方向飞行，呼啸声也渐渐远去，直至消失在遥远而深邃的太空。

在西昌卫星发射中心全新的现代化指挥控制大厅内，"发现目标""跟踪正常"等来自各个测量站点和"远望号"测量船的信息正不断送来。

显示屏上，上百个显示装置再现着火箭的飞行轨迹、高度、速度、位置、火箭各系统工作状态尽收眼底。侧边的一个屏幕上，正显示着火箭飞行的实时动画。

火箭飞行大约 24 分钟后，西安卫星测控中心传来了消息：

星箭分离！

卫星起旋！

创
造
辉
煌

随后，"中星－22A"号卫星准确入轨。

卫星精确入轨的消息一传出，指挥控制大厅内顿时爆发出热烈的掌声，为此次发射辛苦工作一个多月的科技人员激情相拥，他们脸上终于露出酣畅的微笑。

从立项到成功发射，研制人员已经为之拼搏了多年，如今，发射圆满成功，卫星准确入轨，所有的研制发射人员怎能不激动。

卫星虽然已经升天了，但真正的考验才刚刚开始，因为"中星－22A"号星的设计工作寿命为 8 年，也就是说，它还要在天空运行 8 年，才算圆满完成自己的任务。科研人员默默祝福这颗中国通信卫星。

根据计划，在随后的 5 年，中国航天将步入高密度发射期，仅西昌卫星发射中心就将完成 30 多颗国内外卫星的发射任务，相当于过去 30 多年发射卫星量的总和。

作为中国航天未来五年繁重发射任务的揭幕之举，"中星－22A"号通信卫星的发射，其意义自是非同寻常，它很好地完成了这个开幕式，为它的"弟弟妹妹"们做了很好的铺垫。

"东方红-4"号平台立项

1999年，我国"东方红-4"号大型通信卫星平台立项论证工作开始。经科学家们的多次商讨论证，"东方红-4"号大型通信卫星平台正式立项。

2000年3月，37岁的周志成走马上任，开始担任我国"东方红-4"号大平台总设计师，从而成了当时中国空间技术研究院最年轻的总师。

周志成1963年6月22日生于北京，1984年从成都科技大学考入清华大学工程力学系攻读硕士学位。1987年毕业后便进入中国空间技术研究院总体部工作。从此，他与中国卫星事业打上了交道。

1984年，"东方红-2"号发射成功，开辟了中国卫星通信事业的新时代。从1988年至1990年，中国成功发射了三颗"东方红-2甲"号实用通信广播卫星，这些卫星为国内多家用户提供通信、广播和数据传输等业务，使中国卫星通信事业进入了一个新的阶段。

1997年5月，中国又成功发射了"东方红-3"号通信广播卫星。正当大家为中国通信事业欢呼的时候，周志成却想得更远。他常常注视茫茫太空，发出感叹，中国的通信卫星已经发射了这么多颗了，但是中国的通信卫星却从没有走出过国门。

相反，倒是休斯、劳拉等外国公司在中国市场"掘金"，这些外国通信卫星巨头们个个赚得是盆满钵满。

让中国制造的卫星走出国门、走向世界，成为中国几代航天人夙兴夜寐的历史使命，也成为周志成人生的理想与目标。

1993 年，还是青年骨干的周志成曾被派往美国休斯公司，担任亚太公司采购的"亚太 1"号通信卫星监造代表。当时的中国航天业还不太景气，境外公司开出的诱人薪金难免让人动心，可周志成却始终保持着清醒和坚定。

周志成心里一直憋着一口气："如果卫星全要靠进口，我们的卫星制造公司还干什么？我们去挣那点儿钱又有什么意思？"面对亚太公司总裁，他毫不掩饰说出了心中的话。他说：

我希望为您的公司做一颗中国造的星，我希望中国制造的卫星能够出口！

后来，周志成毫不犹豫地回到了中国，开始为中国能够出口自己的卫星建言献策，他积极呼吁建立中国新一代的大型卫星平台。

1999 年，中国成功实现了"东方红－4"号大型通信卫星平台的立项。第二年，周志成成为"东方红－4"号大平台总设计师。从此，在周志成的领导下，中国的卫星开始走出了国门，走向了世界。

创造"东方红-4"号大平台

2000年3月，周志成走马上任"东方红-4"号平台的总设计师。上任以后，在感到自己充满动力的同时，他还感到了巨大的压力。

在国外，卫星的输出功率从1到2千瓦提升到1万瓦，卫星寿命从8年到15年，一般需要走10多年、5个回合，就像盘山公路，需要长期的研发储备，是一项逐渐改良和完善的系统工程。

而中国空间技术研究院却面临着要从"东方红-3"号平台的1700瓦输出功率、200公斤有效载荷重量、8年设计寿命，携带24路通信转发器，直接跨越到1万瓦输出功率，600到800公斤有效载荷重量、15年设计寿命，携带52路转发器的全新卫星技术。

要想实现与国际知名的卫星公司同台竞技，"东方红-4"号平台研制成了中国通信卫星事业的"拦路虎"。

时不我待，周志成很清楚，前途无论如何艰难，自己也要勇敢前行。周志成带领着自己的团队，拉开了"东方红-4"号卫星平台研制的攻坚战。

周志成说：

  要完成跨越式的发展，创新是唯一途径，

必须创新流程，也必须创新技术。

但创新绝非空想，创新不可能一蹴而就，它需要的是聪明的头脑和艰苦的劳动。为了技术攻坚，周志成和他的同事们吃了不少苦头。

2003 年底，原先研制一直很顺利的储箱突然出现故障，液体排不出来了。储箱是"东方红－4"号卫星平台推进分系统中的一个关键部件，其中贮藏了大量燃料，一旦排不出燃料造成夹气，后果不堪设想。

周志成立即组织人马从储箱推进剂管理装置上排查原因，分析和解决问题。可经过长达半年的努力，整个队伍加班加点地攻关，做了数百次试验后，储箱的问题依然没有解决。

研究工作陷入瓶颈，如此下去，势必影响整个研制进度。这时，院长袁家军果断地下达了院长一号调度令：

只准成功，不准延误。

为了按时完成任务，2004 年的节假日，周志成和他的同事们没有休息过一天，查阅资料，计算仿真，试验验证。一个个不眠之夜的艰苦工作，终于查到了故障的原因，原来是推进剂里的小气泡作祟，影响了储箱的正常排放。

症结找到了，周志成却不敢松一口气，他马不停蹄地又投入到改进储箱的工作中去。看着下属们因为昼夜工作而一个个病倒了，周志成的压力更大了，原本浓密的头发也开始大把脱落。

但周志成绝不会认输，他要迎难而上，另辟蹊径，在他与同事的艰苦努力和相关厂所的配合下，从 2003 年 10 月 1 日到 2004 年 1 月底，他们不辱使命，一天不差地兑现了自己的诺言。

当试验储箱经过带液带压振动试验，顺畅地排除液体的那一刹那，所有科研人员都沉浸在成功的喜悦之中。而这时的周志成悄悄背过身，走出试验室，他不愿让人看到自己的眼泪。

刻苦的攻关，最终带来了丰硕的成果，中国的"东方红－4"号公用卫星大平台终于如期完成。周志成他们又开始为中国的卫星出口做准备了。

开拓国际通信卫星市场

从 1999 到 2003 年，周志成和他的团队接连参加了"亚太 5"号卫星和"奥普图斯"卫星两次投标。

但现实的商业市场竞争是残酷的，用户方的要求异常苛刻，在相对成熟的通信卫星市场，没有飞行经验的卫星根本无立锥之地。

所以，周志成他们的投标都无果而终，但通过这两次投标，他们积累了丰富的经验。

周志成和他的同事们逐渐熟悉了商业卫星的一整套严格规范。从卫星的模型、参数、报告到技术附件、工作陈述，用户都有严苛的定义，光是写标书一项就让周志成他们尝到了与国际"大鳄"厮杀的艰辛。

2003 年，为了竞标"奥普图斯"卫星，根据袁家军院长的指示，在中国空间技术研究院国际业务管理部门的组织下，周志成和负责设计的研制队伍闷在龙泉宾馆里写了一个月的标书，当时正值"非典"肆虐京城的高峰期，但大家都抛弃了个人的安危奋力工作。

为了把文件翻译成英文，设计师们互相帮助，一遍遍修改纠正，整个团队拧成了一股绳，最后形成的文件达到 100 多个。

通过参与世界一流的高水平竞标，周志成他们还锻炼了队伍，增强了信心。

2003 年，周志成作为技术方面的代表飞赴澳大利亚竞标。当时美国、欧洲知名的其他 7 家通信卫星公司悉数到场。经过一番激烈的竞争和交锋，中国空间技术研究院最终排名第三。虽然没有成功脱颖而出，但这一次投标仿佛一支强心针，激起了周志成和同事们的信心：

中国人完全有能力去国际市场打拼一番。

2004 年 5 月，尼日利亚宇航局传来尼日利亚通信卫星一号项目的招标消息。凭着敏锐的市场嗅觉，踌躇满志的中国空间技术研究院决定积极参与该项投标。周志成作为"东方红－4"号平台总设计师，来不及休整，就带着他的团队马不停蹄地投入"尼星"的夺标战。

2004 年"东方红－4"号平台已经有了飞跃式的跨步，"鑫诺二号"卫星的初样和靶场合练业已完成，正样正进入投产阶段。

在设计上，周志成心中更多了一杆秤，对"尼星"有了更全面和深刻的认识。在投标方面，也有"奥普图斯"打下的良好基础，虽然整个卫星的要求、载荷、平台和状态都不一样，但凭借以往在国际市场上练就的一身硬本领，周志成和他的团队很快就拿出了一份漂亮的标书。

然而商业卫星市场瞬息万变，标书也会随之频繁更改，要真正拿下"尼星"这份合同，除了"纸上谈兵"，面对面的交锋才是关键。2004年在加拿大渥太华的那次谈判，令周志成永生难忘。

当时负责与外方进行技术洽谈的是周志成、五〇四所的于洪喜副总师以及"鑫诺二号"的主任设计师李杨组成的小组。为了保证谈判顺利进行，周志成他们付出了艰苦卓绝的努力。

当时中国投标队不但要应对谈判，还要为第二天的提问做充分的准备，并且还要将准备的所有材料翻译成英文。每天他们睡不了几个小时的觉，又一直处于紧张状态，原本心宽体胖的周志成一下子清瘦了许多。

技术组的附件很多，谈判的难度也很大。首先就是没有飞行经验；其次是卫星要求的交付期非常短；第三，"尼星"项目的顾问公司TELESAT，是非常专业资深的顾问公司，对国际几大卫星制造商了如指掌，提出的标书要求非常高。

面对难关，周志成有备而来。他娴熟地打开PPT文件，用流利的英语向外商演示了"东方红-4"号卫星平台的试验、飞行计划、研制计划、已经取得的收获，以及集成性等相关问题。

生动的语言、翔实的数据，周志成不仅和外商谈研制卫星的过程，也向他们介绍中国航天人以质量为生命的理念。

周志成的激情演讲让外国人了解了中国航天的实力，

而中国人发自内心的热情与诚恳也打动了在场的每一个人。技术谈判逐个解决了双方在标准规范、设计条件、设计理念上的差别，签署了一揽子技术文件，会后中尼双方签署了一份意向书。

国际通信卫星市场僧多粥少，竞争异常激烈。来自美国、欧洲、意大利等多个国家的巨头都参加了此次投标，周志成戏称是"狼都来了"。

能夺下这份合同，实在是可喜可贺。签署了合同，就意味着即将真正有机会制造一颗出口的卫星。这是多少代中国航天人的夙愿啊！多少人的努力，多少日的奋斗，终于换来了今日的胜利。

离心中的梦想只有咫尺之遥，周志成的心中有说不出的感慨与兴奋。签字仪式后，多伦多的老朋友请周志成吃了一顿庆功宴。

"有朋自远方来不亦乐乎"，地道的北京涮羊肉，地道的二锅头、花生米，还没等主人劝酒，周志成就已经把自己灌醉了。

"尼星"团队书写速度奇迹

2007 年 5 月 13 日深夜,西昌卫星发射中心一片灯火通明。蒙蒙细雨中,高耸的百米发射架上"长征 – 3 乙"号运载火箭高擎着尼日利亚通信卫星 1 号蓄势待发。

5、4、3、2、1。

点火!

北京时间 5 月 14 日零时 1 分,火箭载着卫星腾空而起。刹那间,呼天的怒吼撕裂了子夜的寂静,冲腾的火焰点燃了破晓的晨曦。

26 分钟后,星箭分离,卫星准确进入地球同步转移轨道。

发射圆满成功啦!

现场的工作人员沸腾了,激动的尼日利亚贵宾们也沸腾了。这一刻,任何一种语言都不足以表达大家内心的喜悦与兴奋。鼓掌、握手、拥抱,非洲兄弟们更是手舞足蹈,发射现场掀起阵阵欢乐的狂潮。

此时此刻,尼日利亚通信卫星的总设计师兼总指挥周志成却是一派镇定自若。他一面与西安测控中心飞控试验队保持实时联系，一面从容地翻阅着手中的卫星运行程序手册。

这位身穿白大褂，戴一副眼镜的 44 岁老总，为了"尼星"的发射，做出了常人难以想象的努力。

中尼通信卫星合同签订后，周志成开始率领自己的团队研制发射"尼星"。

按照合同的规定，2007 年 5 月，中方必须完成"尼星"的在轨交付任务，也就是说必须在 25 个月内完成研制和出厂。

这样的苛刻条款是在挑战卫星研制发射的极限，当时连美国人和欧洲人都望而却步，但周志成咬咬牙，在合同上郑重地签下了自己的承诺。他决心要用实力回敬所有的质疑，用成绩挑战不可能完成的任务，为中国的通信卫星走向国际市场，做实第一步。

在周志成的带领下，这支"责任、创新、学习、和谐、激情"的"尼星"队，开始飙写中国卫星研制史上的速度奇迹。

于是，一个新名词也在中国空间技术研究院诞生了，那就是"尼星速度"。

研制一颗"尼星"这样大容量、长寿命、高功率的通信卫星，国际同类宇航公司一般需 33 个月，而"尼星"队伍却用了 25 个月。

从三舱对接到卫星出厂，"尼星"队伍用 5 个月的时间完成了国内外同类卫星需 13 个月才能完成的工作。其他同类卫星两年内进行 1300 小时电性能测试就足够了，可是"尼星"仅在一年内的整星加电考核时间就达 1800 多小时。

为了按时完成任务，周志成除了大胆叫板传统设计流程，用热控舱代替热控星进行流程再造外，他还提出了从顶层开始策划的理念。通过顶层策划，抓住有限的时间，识别出关键短线和难题。通过流程再造和二次部装争分夺秒地和时间赛跑，缩短尼日利亚通信 1 号卫星的研制周期。

在"尼星"主任设计师王敏等同志的艰苦努力下，以及卫星制造厂的全力配合下，通过反复迭代，主线周期成功地缩短了两个半月，成功地抢下了宝贵的时间，圆满地赶在春节前拿下了部装任务。

"尼星"赢了，中国人终于可以在国际市场上扬眉吐气，实现火箭、卫星的"双足矗立"。

中国的通信卫星事业不仅实现了自立，而且开始向国际市场进行开拓，毫无疑问，中国通信卫星事业在未来会有更大的发展。

本书主要参考资料

《中国航天界的一个传奇》刘思燕著 载于《国际人才交流》1988 年第 6 期

《天路迢迢》李鸣生著 中共中央党校出版社

《天街明灯：中国卫星飞船传奇故事》中国空间技术研究院主编 中国宇航出版社

《震天惊雷：倾听液体火箭发动机的轰鸣》殷秀峰主编 中国社会科学出版社

《当代中国的航天事业》张钧主编 中国社会科学出版社

《天歌》李天泉 何建明著 中国宇航出版社

《创造奇迹的人们》柏万良著 湖北教育出版社

《天穹神箭》中国运载火箭技术研究院主编 中国宇航出版社

《中国航天决策内幕》巩小华著 中国文史出版社

《太空追踪》李培才著 中共中央党校出版社